山本哲也詩集

Yamamoto Tetsuya

Shichosha 現代詩文庫 180

Gendaishi Bunko

JN274416

思潮社

現代詩文庫　180　山本哲也・目次

＊＊

詩集〈冬の光〉から

詩集〈静かな家〉全篇

詩集〈一篇の詩を書いてしまうと〉全篇

詩論・エッセイ

作品論・詩人論

装幀・芦澤泰偉

詩篇

詩集〈労働、ぼくらの幻影〉から

風景

都市計画でまた
海が埋めたてられる
働きつづけの船はおきざりにされたままだ
ようやく船は
そこが土地であるのに気づくと
漁夫たちは
まわりの風景に似つかわしく
ひろい肩をすぼめ
あわてて船を転覆させる
沖の方へあとずさりした太陽は
やけにちっぽけだな
それでも沈む夕陽のいさぎよさで
パワーバケットは空を截りながら
かけおりてきて
たちまち海をけずりとってゆく

港に繋留される船のように
豪華船の窓に似たビルが
もうすぐそこにたつだろう
そうやって
風景はこわれてゆく
上陸《あが》りをよびもどされるとき
船乗りと海のあいだで
かっきりとはりつめるあの緊張は
もうずっと遠くの方だ
漁夫たちは
ひらいてゆく距離を
テグスのようにたぐりよせようとするが
かれらの風景は
けっしてあらわれない

若い漁夫たちよ
きみは

カツオドリのようにとびまわり
街のなかでひとびととの出会いを
もとめなければならぬ
塩からいかさぶたを落して
六畳と四畳半とキッチンつきのアパートを
さがさなければならぬ
そうしていつか
きみは総天然色の外国映画で
まるではじめての海をみるだろう

労働　Ⅲ

コンベアで流されてくるおまえは
最後には水に浸されて
白い作業帽の女たちの手のなかで
ひとつの静けさにたどりつくというが
ぼくにとっておまえは
一分三十秒のはてに消えてゆくもの
確実に送られてくるおまえを
うちつづけ
いつかぼくはおまえとひとつになる
ときにはあべこべに
ぼくがコンベアにのって流れてゆく
ぼくに沿っておまえがうちつづける
流れてゆくぼくをみてると
不意にゆびをうたれ
そのあと
おなじ確実さでぼくは
おまえをうちつづけるぼくに還ってゆく
二年前の臨時工のときには
そんなとき人間である証しのように悲鳴をあげて泣いた
うちつづけうちつづけ
白い作業帽のよし子　よし子と
一分三十秒だけ思って
うってもうってもはみだしてくるものを
確実に送りながら

コンベアに沿って
ぼくはこのまま死ぬのだろうか
暗いさびしいところは
なるべくかけ足で通りすぎて

ぼくがおまえと同じ密度をたもっているかぎり
ぼくは何も支配しないだろう
日本中どこにでもある銀座通りの
ショーウインドウのなかで
はなやかに変身したおまえをみいだすと
ぼくはおまえの上で
ぼやけた自分の顔に出会い
一分三十秒
みられている恥しさで
なぜか　かけ足で通りすぎる

労働　Ⅳ

きみらは
単調な七曜のように並んで旗をふる
事務所の扉があくと
いきなり敵は握手をもとめてくる
ぶよぶよのひらべったい手は
おそろしい罠だ
考えよう　もっともだと
敵の狡智は
きみらの手の血脈のなかにもぐりこむ
きみらは工場にかえってゆき
きのうとまるっきり同じ手つきで
コンベアで流されてくるやつを
一分三十秒的確にうつ
きみらは
働く以外まったく退屈している
流されてくるのは

敵ではないというのに
きみらは何をうちつづけているのだろう
きみらに顔があるのは不合理だ
すべての組織を手に収斂し
的確に対象をうつ手　それでいい
きみらの顔は
権力者の密室のなかで
涙をいっぱいため無数にだぶって
おふくろにも不明になる
うちつづけうちつづける
その単調さが
きみらの仕事を勤勉にする
生きようとする激しさのように
そして
うつために必要な手の存在さえ
稀薄になってゆき
きみらは最後の手をたしかめるために
うちつづける
類人猿の前足が進化して

やがて人間の手になったように
きみらはいつか
すっかり手だけの存在になるだろうか
島の女たちが感嘆した
きみらの手の水かきは自慢にもならない

きみらは市電にものらずに
何のために旗ふって
事務所まで出かけていったのか
海を奪われたきみらが
ふるさとのどこへ帰れよう
知っているか
きみらがいま何をつくっているか
きみらがうちつづけるものが何になり
誰が買うのか
知っているか
まだ恋人もないきみらは
何も所有しはしない
うちつづけうちつづけ

いつかきみらの手は鋼鉄の機械になり
そこが工場であってもなくても
きみらは
限りなくうちつづけるだろう
夢のなかででもきみらは
ふるさとの夕焼けもみないで

（『労働、ぼくらの幻影』一九六三年思潮社刊）

詩集〈夜の旅〉から

一週間

ウジェーヌ・イオネスコは
英会話入門のテキストをよんで
とつぜんはげしく咳込んだ
〈一週間は七日である〉。
ピリオドのあとの余白につったたった舌よ
きみの上できょう落日に決意があったか
きょうがどのような色に彩られて海へ消えたか。
あしたあさってしあさって
やなあさってをどうする？ぼくたち。
ビジネスの町をのみこんで滑るように動いていく現在は
ぼくたちの血の流れよりも速い。
許されて眠る夢の中でさえ
追いつめられてゆく階級の虹のようなためいきから
ことばの砦は廃墟への予感にふるえ

もはや解読もかき抱くこともできぬほど
やせたことばたちのむこう、
魂の白夜はうごかない……

………………

うごかないまま
あり合せのことばたちの気泡
背中合せのぼくたちの希望で
あしたを特記なしのあしたを慰めまい。
スクリーンの上で英雄は
たたかって死に　一週間確実に死ぬだろう。
水道栓から水はかすかに滴りおち
無為が時間のへりを濡らしている坂を
さかのぼりさかのぼって　ぼくたちはついに
ぼくたちの不幸を見失う。
ちくしょう！ぼくたちの敬老週間。

………………

木曜日第三課スミス夫妻登場
〈私達にはふたりの息子があり郊外に住んで五年になる〉

〈わたしはあなたの妻です〉。
十全な断定の直系血族である〈わたし〉よ
ぼくはきみの何という子供であるのか。
うぶ毛にひかる皮膚の下　苦しい夏の岸辺を
隊列をといた者らの背中が通りすぎる
そうして　みずからの夢の外
肥大の真ん中におっこちてゆくのだ。
そこがたとえば朝ごと待ちつづける長い長いプラットホームであるなら
ぼくたちが待っているのは　はたして
電車であったのかどうか
晴れわたる朝を映して眼は　うごかない
だからぼくたち、感覚だけの一日を妊んでしまうぼくたちは
歴史をも轢死体をも目撃することはない。
ぼくたちにとって一週間は何日？
きょうは何日？
ぼくたちに苦い問いの真正面から
すべての声をのみこんで

〈ネクスト〉は　もう一直線にやってくる。

死ねない

夜のみぞおちを裂くと　そこに
みいだすのは　なに
鉛色にそまった葉をふるわせ
くらい視野を螢がじいいとひかる
しわよる闇のひだ
かすかな光で点検され身じろぎながら
いっそう深い闇の部分へずりおちていく勇気
じっとりと固まりはじめた海の底
ゆらめいている屋根裏の凶器のむれをめぐって
ひそかにぼくらの夢の寝台へ侵入する者よ
ぼくらに憎悪をくれ
白々しい夢の暈光に一瞬うかびあがる
認識票のおなじ文字　足が蹴ってゆく野
ぼくらは待つ　いっそ非人称を
ぼくらは寒い　しんじつ憎悪するってことが
いまは　うそ寒い時代なのだ
ペンだこよりも硬く全身を夢で肥大させ
ぼくらはいつかみえない死にあまえている

ぼくらの視野から風景をぬぐいとり
うつぶせになって流れる暗い川
よびあう両岸の闇のおくから
死は　盾のようにきびしく向いあっていよう
交感する死のまなざしのあいだを
真っ白い花嫁たちが通りすぎていくのを
いっしんに数えることで耐え　ぼくら
銃口を闇の熱い手に捉えられ
吊り革のように握りしめている生存の端
おそいなあ死よ
到達するあてもないぼくらの加虐的なまなざしのあとを
　追って
闇の稜線を匍匐するおびただしい仮死よ
ぼくらの意志に反して足をまるくひそませ

肥大しながら死を夢みる
果てにははてしなく増殖する夢の下痢症状を
2DKの水洗便所で処理する優雅さ　あれは
ぼくら自身への侮蔑だ

待ちつづけるためいきでふくらむ闇が
やがてガーゼのように薄くなってゆく
ぼくらの眼のとどかないところにやってくる朝
今が朝ならば不均衡なすべての夢をひきうけて
すでに戦うべきあした
後退してゆく闇のむこうから
のびてくる自我の橋よ
その橋をわたってくるのは
ぼくらが待ちつづけた死ではない
寝汗の床を襲った敵ではない
せりあがってくるのは憎悪ではない
ああぼくらにとって　死は
生きることより不可能なのか
草のようにそよいでいるぼくらのあいだを

みえないひと筋の光が擦過して
口惜しさが夜明けの額のうえで
汗のように冷えていくんだ

夜の旅

ひとつの事実を　ひとつのことばで
いいあらわせると信じている者よ
さようなら。
死が　風のようにしみわたってくる
あらたな絶望にむかってぼくは出かける
事実とことばの細く長い間隙から
あらゆる形を拒みつづける空の廃墟へ。

ことばが事実のいけにえとして捧げられるとき
事実は　はるかに真実から遠いひとつの幻影なのだ。
動くこと　それしかない
現実の悲惨のなかを動きつづけること。

様式の窓を血の色に染めあげる
痩身の手裏剣あるいはどんな大事件をもつつみこんでしまう、
小さな夕暮れをつきぬけて。
つつみこまれない思想のひだ　ひとつの
たたかいのなかを動きゆくこと、
それはぼくにとって
ほとんどことばに耐えることだ。

グライダーをぐらぐらと揺るがす濃密な闇の
ながいながい瞬間、いっせいに
感受性は首のない首都にながれこむ。
もう誰もぼくの名をよんでくれなくていい。
もう誰も愛で名づけてくれなくていい。
アパートの部屋はやわらかすぎた　きみ、
どもりながら戻ってゆけ
名づけられぬことの痛みがあいまいに点滅する大きな夕暮れ　声の予感へ。
ぼくは　何ものをも実らせない、

そのためにだけ空の廃墟を耕すだろう。
その事実についてては
おそらくきみにも語るまい。

冒険　I

闇の中で完成する一日は円形であるのか。
暗い鏡の底に
通りすぎる者の後ろ姿を映して
ぼくの眼前で
砕ける！
鋭く突きさされた痛みにめざめる朝、
樽の中で醱酵した偽りの朝焼けのみずみずしい腐敗のいろ。
待ちうけているのは
地平で見張っているきみでなく
朝ごとの予定表　牛乳瓶の中にまでまぎれこんでいる倦怠。

日よ、
ぼくをぼくの孤独とぼくの運命を捉えてくれ。
きみに近づくことでいっそうきみから遠ざかっている
ぼくの逃亡のさきざきで
待ちかまえている倦怠は
ぼくを老けさせる！

きみとつりあう者が時代を超えうる？
恋人たちがみだらに眠っている白昼の
しいんとした街並を水のように這っていく葬列。
ぼくの永遠の夏が
倒れるようにかけこんでくる、
冷房完備のまずしい食卓にむかって。
皆既食を待ちつづける暗いガラスの破片。
虹彩の上を走ってきみの悪意はああ
まっしろい皿をふちどっていくばかりだ。
何気ない感覚できみをみつめること
みつめないこと　ぼくの貧しさを
活字のようにひろい続けること。

葬列の吸いこまれた突然の坂で
ゆれうごくポール
昆虫どもけものたちの骸
それらを呑みこんで竪棺のように開いた闇のあした、
あれはきみのあくび？
ゆれうごく中吊りの寝台が視え
よこたわっているのはぼくだ。
闇のあしたに凌辱され変色したくらい皮膚の下
がらんどうの胸の部屋で
うずくまっているぼくの青春。

●

まだきみに犯されない眠りの半円へ
名づけられぬもののうちへ
墜ちていけ。
いちにち、
麦は三ミリ成長し　そして
幻影はひとまわり巨きくなったが
欠落の感情だけがさらにふくれるばかりだ。

絶望さえきみにつりあえない。
二三歩よろめいて
おうぎょう倒れる　ざまあみろ!
恐怖があるならそこへいこう。
ほんとうの命令などなにひとつない。
触角で外側からなでる感受性は
昆虫どもに返してやれ。

影のやさしい暴力が表層から
感受性の深みまで腕をのばしてくる。
プールの底、
いつだって叫びは声にならず表層に泡だつだけだ、そして
声はぼくの額を裂いて走り
プールいちめんにひろがるまっかな血に
溺れている声。

できるだけ
できるだけ何気ない感覚で
愛するものをみつめること　それが
ぼくの苦いにがい機智だ。
そうしてぼくはきみの党派に属していくのだが
まばゆい朝　恥のような死児を
だれにさしだせばいい?

冒険 II

閉じたまぶたの
眠りの岸辺から這いだし
一瞬ののちに炎上するのは
まだめざめないぼくの未来の子供だ。
遠いところで秘かにみはっているきみ
死は、きみのうしろで
戸棚をあけたり閉めたりして
衛生的なミルクを調合していよう。

青白いブラウン管のむこうに
葬ってやる以外どうしたらいい?
そこは　虹彩にくらしの優雅な眩惑をまぶして
何もみていないところだから

愛する者と欺しあうことでしか
ぼくは貧しさをみつめることができなかった。
革命だよ!
留保しあった晴れ着の時間を質屋から出しておきな
消費的なマーケットの夢の腸詰から
脱出だ　革命だ!
ことばのシャベルは
出かけていくが、
忠実なる歩哨が叫んだように
ぼくの精神の触角は叫ばない。
かわることないあしたの表皮をすくいとって
シャベルは
息せききって戻ってくるや
苦い最前線でぼくの胸をたたく。

〈名づけると
ことばのむこう側に逃げていく
あれはなに?
いくどもいくども身を投げおろして
こんなに痩せてしまった
謙虚になってしまった〉

おおぼくの視神経になぐりこみをかけろ。
ぼくはみつめる　シャベルを
ぼくはみつめる　同じシャベルを。
葬った未来の子の上に
涙を注ぐように
シャベルを狂気のようにみつめる。
さきみだれる季節の花々が
死のように匂っている眠りの岸辺で。

冒険 Ⅲ

ことばは
しなやかな闇の指で正確にまきとられ、
現像されないまま
きみのうちでむかいあう沈黙板。
ぼくときみとの間隙を
ことばで埋めることがどうしてできよう、
ことばに伝わっていけば　不意に
きみは認識の指先から溶けてしまう星だ。
ことばで確かめあう苦痛を
挽臼でこなごなにしたすえ
時の中、風たててかけぬける行為よ
唇にふれている風の快感だけで
どこまでかけてゆける?

秘かな連行ごっこに戯れる
水のない岸辺
ぼくの夢を攪拌する時の水車。
未来のみいらどもにせきたてられ
瞬間は次々とせりあがってきて
かわることないぼくの一生を照らしだしてしまう。
そのときかろうじてぼくをめまいから
救うのは
空き缶のふちにしがみつくぼくの貧しさ
逃げ水のようなきみのあした!

ふるえるイカのような
白い沈黙板にそってぼくはどこまでゆける?
歯と舌のあいだで
がくがくするほどぼくの欲望は孤独だ。
漂白される猶予の闇の足もとで
ぶっつかる
それはあしたではない
きみではない
空き缶下水管あらゆる女官の快感、
それらに囲われた闇が
いけにえの充実として　貧血する!

まっしろい血をさかのぼり
狂おしく垂直であろうとするこころよ
そのあとをけもののように
追ってゆくうごめく舌
舌の上で耐えているイマージュの受苦。
それが　ぼくの決意のくちづけ——
つめたい沈黙板のへりをかみきって
傷に触れていくそこから
ぼくは　歴史の中へつきすすんでいく。

冒険 Ⅳ

日よ　きみが
何ひとつ命令を下さないとしても
光は　きみが歩いた泥濘から
一直線にやってきて
ぼくのくらしをのぞきこむ。
ほんとうのことを言おうか、
ぼくはきみに属してない！
きみからの脱出もひとつの関係というが
ぼくはきみに属してない。
革命すら　もはや
三度の飯よりもまずしい陽気な習慣——
伝説のなかの勇敢な兵士をみごとに倣ねて
幻の銃にぎりしめたまま
倒れていく苦痛の子らよ、
行方不明の迷路の
釘のごとき証人たちよ時代の子よ、
目のまえで
音もたてずにいっせいに壊れてゆくやわらかいビルの下
　から
うずくまった青春の頭蓋から
恐怖の原形質を　ほりおこそう。
ぼくらの夏が　くらいところにかけこんでいくまえに。
ほんとうのことを言おうか、
恐怖と手をくんだことばは　幻だ。

きみに属しているという思いあがりは
幻の従順の徒弟だ。
ぼくはきみに属してない!
みどり滴る六月の若葉に属してない!
内なる声は
もう破滅だけをみつめる
眼の部屋で
等身大の夢の受精卵がたちつづけている
何にも属さないで
それら卵をたたせているのは
卵の形態でなく
ぼくに属してない危険の感覚だ。

きみに属してない、ぼくは
恐怖にきたえられるひとつの叫びだ。
叫びの中から
重い櫂のようにしぶきをまき散らして
たちあがってくる　時代の死者たちよ
歴史とは　ぼくらだ。

凶暴な薔薇のエピソードは死者の喉へ
おしこんでやろう。
死者たちとぼくらを隔てて
豪雨はいくたびも時代の斜面を濡らした。
残された者は　死者にむかって射精し
かわるがわるに花束の花をむしった。
そして　ひとつの死は
おびただしい生を束にしてなぐり倒したかにみえた、
おお何たる錯誤あらゆる経験は
虹いろの都市の下にめぐっている下水管を
塵や芥とともに流れ流れて
海を　苦く変えただけだ。
ぼくはきみに属してない!
属してない白熱した平穏さで
恐怖となれあった魂から出かけていく、
日ごと地下鉄の
ささやかな恐怖をかきたてた探偵小説マーロウを送りか
　えし
しんじつきみに出逢うために。

声を消しとばしてしまうあらたな
豪雨の庭を――

冒険 V

闇は　細長くひきのばされ
おびただしい円形の棺桶のように並びはじめる。
よこたわる不眠の　きみの全貌は
さだかではない。
むやみに闇と和解したがるからだ中の眼よ
あれらは死者を待ちのぞむ棺桶にすぎぬ。
欲望の触手のふるえる闇から
馬のひずめけもののなまあたたかい息
意識の産室のあたりたちこめる腐臭――
それらが冒険のまなざしを
ぬりかためていく。
恐怖観念でぼくを支配する庭の鶏たち、
やわらかいやかん水道管ふきだす瞬間が
夢のたかさまで
おしあげられ　寸断されていく。

闇の中
ぼくが抱きこもうとしたのは倒立するきみでなく
幹　単純な幹だ。
ぼくは聞く――
幹の内側を樹液のさわがしい音たちが
血液のように走りめぐって
ああ　舌のかたちした葉の
先端へ先端へかけのぼっていく。
その恍惚のひだをすばやく追いこして
葉のまるっこいふちとなれあう
音たちにひそむことば。
滴は葉の先端から落ちて
ぼくのからだ中の眼を濡らす。
おおけっして触れあえぬ
ぼくらの抱擁は典雅な彫像のように
ひとつの風景と化して

未来への切り口をぴったりふさいでしまうのではないか。
闇の熱い舌しなやかな指に
耐えきたえられ　ぼくの感受の皮膚は
もはや　傷の中心にかけ戻ることもなく
包囲する敵の
夕ごとの厚いビフテキよりも鞏固になっていくのではな
　いか。

痛みの感情が風景をいきいきと
変貌させると
あらゆる都市に灯をともしていく、
日よ。
きみとの孤独な対話の泡たちのあいだに
酸性の果実がいくつも
いくつもまるい死のようにうかびあがる。
それはぼくには成熟とも肥大とも見分けられぬ歳月のか
　たちだ。
まだ書かれない詩句の一行が
矢のように遠くからぼくの眼を襲う、

内側からぼくを曝すように
ことばの敵は
虹いろのぼくの内臓をめくりあげめくりあげて
口腔いっぱい
苦い朝の舌の上にかけのぼってくる。

ことばの銃口でしとめた獲物を
つみ重ねてつみあげて
ことばの限られた空間を
完璧な意味の地下室までエレベーターで下降していく老
　いた子供よ。
いきどまりの場所からすたすた出発していく虚像よ。
ふりかえりもせず朝を歩いていくかれを
ささえるのは清潔な無関心だけなのだ
かれは不吉な車にはねられても死ねぬ。
闇に対して無防備なものは
星のように捉えられて生きるだろう、
意味のへりに頸かけて生きながら死ぬだろう。

詩句にならないことばたちが
舌の上からせめぎあいあふれて
そのとき　ぼくの感受は
ことばたちの数よりひとつだけ多い苦痛に触れる。
猶予の時から　はみだし
はみだしながら舌のごとく
想像力をのばしてわたっていく橋。
おお橋に向う岸がない！
からだ中の眼よ、
眼の声たちよどこにつっぱしろうとするのか。
危険だよ　そこは。
もっとも単純な感覚の突端で
裸身のことばたちがぼくを支える。
とっさに身をひきしめる熱くやわらかな闇。
ぼくの視野のとどかない場所
まぶたの奥のがらんとした月明り、あるいは
ブラウン管のおそろしいむこうで
身をひらいて黄金色にぬれているきみよ。
日よ、
いま闇の唇のはしにはさまれ
かたくまるめられていくのは
ぼくがおき去りにしていく、
肉色に肥大した希望だ。

追放のためのオード

麻酔薬のにおいをさせて横切ってゆく
長いながい音、あれは
恐怖を運んでゆくさびしい無蓋車。
清潔に晴れわたったいちにちに見まもられ
かれら
魂の空間をどこまで行けるか。

眠りは　夢みられぬまま
旅の快楽へと変貌するのか。
かれら
時々思いあまってかれらの軌道からはずれ

故郷の納屋の暗い欲望だの
われわれの苦痛の食卓を襲う、そのとき
紐のごとくほどけたわれわれは
慄然としておのれをたぐり寄せるのだ。
苦痛のおふくろおげんきですか。
火のごときものをつめこんで
われわれの配達夫は
黄昏の皮膚のすぐ下　そこから
不意にしたたるように出発する。
それをみとどけるのはおそらく
小さくかたまったまっさおな故郷の町だ。
われわれは　われわれの悲劇的な血の一滴で
どこまで行ける？
寒い唇たちの落ちている都市から
どこまで。

声は　唇たちを呑み
かれら
かれらを運んでいるものをすら
ひたすら巻きこみながら
深く張りつめた空の廃墟に　いっきに
身を投げるように　ひろがる。

クルーソー

都市の表皮を滑りながら
眼は　正確に虹彩のうえにすべてを映した。
まなざしのとどかぬ陽射しのなか
反りかえる波は　倦怠の湾をめぐって
つぶさにわれわれの声を験すだろう。
われわれの声が目撃する
眼の安穏がわれわれの飢えだ。

やせた都市を浮びあがらせる泡だつ声。
声の奥地に棲むあの獰猛な虎は
草の　匂うような旋律に
四肢の先端からしみ透ってゆく、

習慣のやさしい吸取紙！
われわれが憎むべきものはすでに
われわれの苦痛の中にしかないだろう。

蒼白な取引の街から
しめった寝台から墜ちていこう。
ひかる粒子の絶望的な深さをだきしめて
垂れさがり滴りいっきに墜ちていこう、
すべての所有から飢えをひきはがした者らの
苦い知恵で
凶器のようにとがった傷で。

藁人形にうちこまれた暗い釘たちに
支えられる水平の故郷よ。
われわれを運ぶ帆船の　さびしい船板が
いちまいずつはずれて
収穫の戸口にぶっつかってゆくとき、
われわれは運ばれる者でなく　すでに
不帰の旅人。

蠟みたいにめりこんでくるやわらかな時計に脅え、
きれぎれになってなげだされる
退屈なる無名はなにに近づくのか。
われわれの盲目のクルーソーは
感情の豊饒な囲い地で
われわれの島よりもおおきな飢えを
あたらしい水桶につめこむ。

（『夜の旅』一九六七年思潮社刊）

詩集〈連禱騒々〉全篇

*

連禱騒々

どのような理由も弁証もなく
屹立する断崖の痛いかがやき
まだとどかない破滅の照りかえし
その中心で水すましのようにますますちいさな燈明となり
ついには棒立ちとなってぶっ倒れること
浮上する遺恨の棒どころではなく
せめて夜にかわる傷を
夜の傷でなく傷ついた翼を
傷ついた翼でなくきらきらする金属の
意味もない砕片をくれそして
めくれあがる世界の外側の空無へ身を投げること

けれども血をめぐらせている夕暮れの海にむかって
漂ういちまいの板のように沈欝な首都
どのような理由も弁証もなく
屹立する声の深いざわめき
獅子座白鳥座山猫座すべての
凶暴でやさしい生きものを呪縛する
闇を裂くこととりわけねじくれた風と
とりもなおさず堅く捩りあわせること
たちまち感傷的な浅瀬で
日傘をさしている妻をみいだしせつなくなってくる
生活を捨てること日々のどのような獲物を
愛とよび破滅とよべばいいのか
腐敗していくあのきれぎれの生の断片がうち寄せる
暗い胸板のような島の渚にむかって
いちまいずつ脱ぎ捨てていくこと
けれどももうこれ以上脱ぎ捨てるわけにはいかない
人称なしの大浴場をまたぎこして
愛ともよび破滅ともよぶ彼方の
鋭くやせた荒地になだれこむことそして

薄明の皮膚のようなものを抱きしめ
吐く息吸う息深い闇をつくりだすこと
おお騒々おまえを封じこめる余白を残しておくこと
ざわめきに潜むカミキリムシよ憤怒よ
沈欝さになだめられている岩の日々
けれども何物にもなだめられないことそして
どのような理由も弁証もなく
屹立する欠如の痛いかがやき

島

もう誰がどこへいこうとたどりつく島などあるものか
フィルムの子どもらの深まる青につながって
めくれかえる悲惨のまぶしい中心へちかづく
嵐の名前も思いださず
けれども狂おしい目覚めから出発した
傾く岩きみはついに死ねない六月の溺死者
沈むにせよ浮上するにせよ
夜の高さに吊りあげられたまま板のように遍歴し
凍りつく最後の夢を刻んだすえ
一点のおおきな傷にしがみつく
帰ることはできないのだからおお
風を吃らせ暗い血によって育てあげるしかない波の生活
とがるほど息をつめて
だから視つめていろというのか
あらゆる年代記に呪縛された青
けばだち騒ぐ白紙の闇
きみはどこにもいやしない
けれども沈欝な潜水夫のように
しんとした優しさをつらぬいてみずからの透明さに怯える
水の階段そこから誰がころげおち
休止符もなくありもしない渚へと
はげしく逸脱していくのか
あらゆる手練手管で海に点火するもみがらの正義
あらゆるガーゼをひきはがすたびに生れる
残酷な遠さはきみを盲目にした

もう誰がどこへいこうとたどりつく島などないのなら
波を吃らせねじれた沈黙によってきたえあげるしかない
影でつくられる岩の日々
けれども鎮められぬ血をめぐり波めくりあげ
さらに死ね死ねとずぶ濡れになってさけぶ海猫
吐息にはりわたされた空の危うい平衡と
きらきらした痛い断鏡面を通過して
正確に壊れていけ頭蓋よ
フィルムの子どもらの深まる青につながって
めくれかえる悲惨のまぶしい円周をひろげるそうして
あわあわと青のなかでくだけ散る
青!

影の生活

十指の夢を断ちおとし
たちあがる影の力で
はりつめていく生活の深々とした幽閉
声なく墜ち　霧と迷妄と
脳髄のやわらかな針にかこまれて生きる

まぶしい歳月にまどろむ
その半身で影の力は
微熱に耐えるようにゆがむ　そうして
すこしずつたくわえられていく恐怖で　傾く空
音もなく滑りはじめる乳母車

まつわりつく風や韻律や
盲目の皮膚のようなものをひき剥がして
揺らぎながら佇ち
蒼白な父祖の地を封じこめる
わたしの空洞をだれも名付けようとするな

十指の夢を断ちおとし
薄明の胸にみちあふれる赤潮の途
どのような生きものが死に絶えどのような
思想が繊細にあえいでいるか　みとどける

わたしの悪意をだれも扼殺しようとするな

崩れた顔を踏みしめていけばふいに
汗ばむひとつの直接性うずくまる血の天文台
影の力は　わたしの空洞を浸し
孤立した家族をねばねばした唾液で
たがいにかたく縛りあげる

感傷的な空洞からひねりだされる
千の季節の生き死にを欺いてやるため
十指の夢を断ちおとし
都市を縦断する舌をいっきにまきもどす
影がつくる声そのくらい皺の中へ

航海術

空みたか
誰がわたしにささやくのか

うちあげられた断念の　まぶたのへりから
飛翔する雲を
みずからの悲鳴をつたって倒れこんでいく生活から
古代遺跡のようにひらかれていく道
夕暮れの紐のような韻律で
たとえ綴ろうとしても死ねるわけはない
一滴の海に血をめぐらせるとき
うわの空に髪の毛星を目撃したら
経線儀の繊細な指にしたがうほかないのか
落下しはじめる歳月のまぶしさ　鏡石
それらを脈搏のように数える
なんという世界の欠如
浅い夢からはみだして
たかだか欄外の余白にしるされる
非連続の軟体記号空模様
発端から廃墟への寒い遠近法を生きて
波の扉をおしあけるたびにひどくなる貧血
蒼白な脳髄のなかの
あとの祭りの点景となることなく

語の生涯の途中から失踪しついに
発光する闇になりおおせることのせつないねがいは
うまく弱者の知恵を狂わせるだろうか
ねばい血でかためられていく蜜蠟の海を
子どもらがのどをひき裂きながら追いつめる
影だ
あらゆる比喩は生活の影だ　けれども
目つぶしされた者がみずからの孤立をみるように
空みたか　空みよというのか
日と夜をめぐる眼の檻でふるえつづけるカミキリムシよ
倒れこんでいく生活の　弁明は捨てた
乱脈のはてまで皺よっていけよ渚
語りだそうとする痛みの子どもらの　眼と口に
蜜蠟の波　ひかる闇　ついに癒されないでくの棒
いやもうあらゆる反故の束をつめこんで
うちあげられた断念の　まぶたのへりへ
来い！新鮮な世界の地獄版

比喩論へのおかえし

——千々和久幸に

星の力をへだてて
旅のはじまりがつねに照りかえしの静止であるのなら
神の猿は何をいいだすか
わかったものではない
盲も蛇も怯けづくあの恐怖とともに
わが花嫁や書物という書物消え失せろ
けれどもどこにいこうとあとの祭りだ
乱打半鐘うちならし
まだ　われもこう
まだ　眼の発見
くらしの床を踏みわってかまいたちのように
盲いた膝ではいまわる
白紙ハレーション
しびれはそこにこそ生れるというのに
暗黒の中の球根
その優しい繊毛のそよぎよ

何をどう祈ったところであらわれるはずもない
どのような比喩もわたしをくわえこみはしない
汗を噴きあげながら
移動しているのかうねるばかりの土地
なぜ　クレタ島
なぜ　無知尊大
なぜ　トランキライザー
けれどもどこにいこうとあとの祭りだ
生卵の中で沸騰している憤怒はどのように割るのか
輝きひしめきあっている空白のまっただなか
星条旗の星から星を
せつない悲鳴でつないでついに
銀板のようにそそりたつアメリカ
舌をかみあい殺しあっている男ら
暗い皮膚のうえに一瞬あらわれては消えていく
きれぎれの物語を手帖に書きつけておく
抱きあったまま言葉なしで
薄明の都市ははるかな湾に沿って
すこしずつ速度をつけながら転がりでてくる

生れるまえのなつかしい白紙にむかって
けれどもどこにいこうとあとの祭りだ
ミスターヘルよ久幸よ
生きていることを証す思想死ぬことを証すメタフィジッ
クスの*
翼なしおおひばり
硝酸でゆっくりと銅を腐蝕させるようにして
あしたわたしが比喩であるかもしれぬ

＊の一行は千々和久幸

終末領

もうなにもすることがないのなら
しがみつくあらゆる生の切れっぱしと貝殻と
遍歴者のかわいた股をふりおとして
垂直に起て！島
われわれはおそらく一人の少女にも出逢わない

ただひたすら回転しながら閉じる
終末領は星とともに冷える
へめぐり旋光しついに語りえないもの
噴きだしえないものらをしっかりと抱いて
眠りつくまえから痛切に目覚めていく不断の夢

だれがきみの上に非所有の首都を建てるのか
そして陽が昇り陽は沈み
したたかな平穏さと矢印とああ櫂もない
どのような舟からだれが起ちあがり声を狩りいそぐのか
けれども輝く影の部屋でだれが激しく都市学を狂わせる
のか

もしも未知の岸辺にきみの悪意を目撃したら
雷鳴よりも遠くから青空を剝がして
きみを愛さずにはいられまい
もう唇だけを残して声をひき絞る風
どのような文字にも表記不可能の詩篇を犯罪者のように
読め
波頭を放射状にふりわけ沈むのではなく
ゆっくりと見えなくなるついに語りえないものら
見えるかおお切れっぱしめ
われわれはもうどこにもいやしないのだ
いちめんジュラルミンのように揺れつづける水母のほか
には

薄明のオード

風のようにねじれて
われわれの夢の一族郎党は帰還する
あるいは鳥籠から牢獄へむかう
それがわれわれのくらし?
そのわずかな距離
その思いあまって震えている境界
腐刻の舌が

陽のように垂れさがってきて
食卓に積みあげられた皿や収縮するゴム管
とりわけわれわれの恐怖をなぶり
それからゆっくりとふたつに割るだろう
われわれは眼をつぶってその上によこたわるのだ
破滅までのわずかな距離
われわれの頭脳の上にやがて君臨する
アルカイックな猫たち
書きつくされた物語のなかに詰っている
ヒーローたちの死のかがやき
あるいは金属の痛いつぶやき
われわれはそれをなぞることはできない
影と反照とその
思いあまって震えている薄明の境界で
泡だつ岩のひとつひとつの
夢みる饒舌と欠如と
とりわけひとつの戦いを生きるだろう
それがわれわれのくらし?
爬虫類が鳥になるまでのながい時間
もう風のようにねじれて

黙示

波に揉まれている蘂しべのまわりをめぐり
いきなり最後の皮膚をひきはがす
けれどもひきはがした痛みの果てに
帰る途などどこにもなかった
あらゆる終末にむかって生きいそぐ者すら
けっしてたどりつけぬ沈黙の
明晰なこちら側で
酷薄な波がしらと
やがて訪れる虚脱の中に沈むことなく
それにしてもなぜ欠如がわたしを鎮めるのか
ためらい折れまがる吐息や
なまめかしい鞭の音
はげしく割れる空のおそろしい青にかこまれて
痛みの力で深まる

影の領土
帰る途などどこにもなかった
そしてついに季節のいかなる比喩もなしに
ぶざまにたちふさがるくらしの幻
水平に沈められる死のことは語らず
暗黒窓の馬の首にしがみついても
けっしてたどりつけぬ沈黙の
明晰なこちら側
多くの亡霊多くの不遜な子どもらをしめ殺したら
ふたたび訪れる虚脱の中に沈むことなく
どろどろとかかえこめ双頭の日々

＊＊

一滴の海で

一滴の海で
透きとおった球形都市を建設する
きみの過剰な期待は
暗い紙のうえに欠如を生んだ

鮮烈なガソリンのように漂う浸透物すら
きみにとって倦怠である
ああきみといれかわってしまうほどきつく
きつく抱いてほしい
きみがどこにもいなくなるまで
いっせいに生れるところまで
欠如が街を破滅にみちびいていく突端まで
耐えられるだろうか
落日を妊んでふくれた恥の棺が次々と割れ
したたる滴の
内側から張りつめている球形の中にきみは何をみたとい
　うのか
死は眼をひらいたまま
おびただしいうすばかげろうの群れが舞いおりる
すでにきみを置きざりに
原始の馬をよび

うまれる前の海をよびよせ
弱者のあらゆるかたちを越えて
疾走しはじめる声たち
みだれた空は観念の古釘によって打ちつけられているの
だ
栗の花におうドラムを叩き
あらゆるしあわせなドラマをこわして
きみは出逢う
出逢うかもしれない
おなじ貌したきみに
最後の夢の地球で絶望的な取引の街で
そうしてきみの血の中をめぐっているのは
海だ
苛酷なひとつの死に還っていくために
きみの中を通りすぎなければならなかった溺死者を
浮べることすらできなかった
一滴の海だ

ゲーム〈二、三の欠落を含む連作詩篇〉

ゲーム　1

ゲームの前にはどうして
灰と狂気を部屋いっぱいに撒きちらさなきゃならないの
か。
わたしはといえば暗い紙の上から
電撃的旅に出発すべく
予備運動にやたらコンセントをさしこんでおいた。
少しも省略なしでわたしを聴いてくれ、男がいった。
子どもをつくって蒸しパンみたいに
おとなしく勤めあげなさいと男はいわなかったが。
わたしの子どもは調理場をみつめたおなじ目付きで
朝わたしを送ってくれたのだ。
男は、何をはじめようとするのか、
やられているな、光に。
芸術家がつくりだした虚しい海のことを考えているのだ、
針金のごとくきりきりくいこんで。あ、

わたしは嫉妬でいっせいに渇いてくる。
あなたはいましあわせですか
といった芸術家が恍惚たる雪のしびれのなかに眠るとき、
つかまるもののない海にいるのだわたしは。
星々と球体はわれてくだけて
裂けて散るかもしれないなあ。
徹底的にひとりで絶望を現前させ
男は、何をはじめようとするのか。
セイタカアキノキリン草!
ゲームの生れでる一点を見張ること。
唇から燃えだしていく芸術家　ああ
自分の匂いで失神した学生め猫め
あらゆる番人は悪である。
光に縛りあげられすこしずつ
みえなくなるのだろう男の創造的眼球。
あの暗号めいた仕種の、断続的な
そのくせあいもかわらぬ青のいろ、ギャグでしかない。
かゆいほど恥しい。
濡れて、いまにもちぎれそうな白紙を両方からひろげる。

わたしの指の尖端から海が
一筋走ってくる。
まるごとわたしを聴いてください、
もうずっと遠くに首を残したまま男がいった。
けれども、わたしたちの行為をたとえば
ダンスの姿勢にすりかえざるをえない夜がやってくる、
なごやかな軍艦のようにやってくる。
視力をうしない死者がおのれの死をみることがないよう
に
おそらく男をみることがないだろうわたしは、
白紙を握りしめたまま墜ちていく、
墜ちていく。

ゲーム　3

一滴の海の
球の
あの透きとおった死の中心から滴る
一条の液体があるのなら

渦状星雲まで破廉恥にぬらして
　ひろがるわたしの胸わたしの闇

彎曲面を　斜めに倒れこむように
自転車乗りが走る。頭上を
絶望的に青い、空が通過していく！
直接的反映としてけばだつ紙よ。
もうほとんどなまめかしいサドルに変貌しながら
男は、
するどく男であるしかないのである。
紙を濡らすのはあれは汗であるのか、
酷薄な旅の、速度のなかに潜み
ひそかに垂れさがりねじれる意識の先端から
あらゆる擬装死体が滑る。
つったったまま、湯気たてて、
ああ芯からいっせいに腐敗していく果実。
倒れるか倒れるのか、
とおくとおくゴム状の部屋はつづき
ふりしきる紙吹雪

ひしめく声らかきわけ
かきわけて男は球したたらせあわあわと現実へちかづく、
殺しにやってくるのかわたしを。
速度を貫いている不動の軸で
孤立している、
われわれの悲惨と性的倒錯と、
まして書かれるべき戦慄的情念とは
こすりあい乱反射するばかりだ、
わたしがわたしであるばっかりに。
おそろしいよ聖なる人間のカメラ的眼は。
〈ゆれうごく現像液の底で
のがれえぬ一枚の記念写真、とどのつまりは
洗濯ばさみではさまれた大団円だ
それからというもの
水気なしでいつまでもしあわせに暮しました〉
かどうか知ったこっちゃない。
圧倒的な都市の落日をしたたか浴びて、もう
せつないほど妻はフトンをたたくのである。
かたちなきやわらかなもの、

沸騰するもの、したたり
みずからの欠如であふれでるものあれらも
箱的になるのではないか。あ、
芸術家の有頂天から正確にやってくるぞ
一日の終り。
夢のピンでとめられて眠る水平の男らよ
加担すべきは悪である。
球面の草原、暗い紙の上でいま
男はこうふんして絶望の赤ん坊を生む。
しみわたる血のにおい、空や
金属やなまめかしいサドルの
甘酸っぱい毒にみたされてわたしはかすかに救われる?
もはや
多島海を漕ぎわたっていくポリネシア人にでもたずねる
　べきか――
われわれから遠い、わたしの
擬装死体はすでに蒼白な都市の
どのあたりを疾走しているかと。

ゲーム　4

声を噴きだしたあとの眼はどこにいくのか
結局なにも映さなかったにひとしい
暗い鏡面にうかびあがる
溺死者のやわらかな腕
水がいっきにまぶたをおしあげて奔流する
どうして夢の皮膚をしずめることができないのか
傲岸不遜な眼はどこにでもいたが
眼のうしろにいたのはだれ?
光の棘にさされて男は
まなざしのとどかぬところで待っているのではないか
影の国で秋のいちにちは長くも短くもない
男との一定距離
それがわたしの唯一の愛の形式である
お願いだだれもわたしを慰めるな
眼の種子をいちめんにまきちらす
風と感受性と
透明な都市をととのえよ

空の廃墟で溺死者はぶざまに溺死者のまま
われわれの貧しさはどれほど組織された?
図書館書庫のおびただしい紙の幻想
海や　悪の力の乱反射は
せつないひとつの音楽たりえようか
針金のようなめざめをおしまげ
われわれはすこしずつ移動したが
とりわけ眼は
音楽をまばゆい塔のように視たいのだ
やってこなきゃよかった
眼を追いこしてでかけていく男は
わたしを迂回していく
舌つきだしごろごろころがっている死体や
秋の七草をまたぎこし
ああいたいほど吊革をにぎりしめて
日暮れに革命のことを考えるのは
もうこんりんざい願いさげだ　あ
黒々と丘陵のうえにあらわれ整列する
われわれとはつとになまめかしい欠如の謂である

鉛の河をかきみだしさかのぼる
かがやかしい飢えの眼底から
溢れてくるあれはもうだれでもない
ゆっくりと降りてくる空
張りつめた眼球がびっしりと丘陵を埋めつくし
眼の檻で　男は
潜水夫のようにひそやかに
わたしを待っているのではないか

ゲーム　5

ラストシーンから溢れしたたり
海は
脳髄の深みでけばだち騒いでいる
金属や沈黙もまた
くらしとはもろもろの物質の反射であるのか
もっとも肉的な桃いろの棒をかたくして
怖しいよナチスみたいなシンガーたちの制服
彼方でみえかくれするかがやく音楽の塔

痛い夢にしばられて
あんなにも倒れながら出発するはらみ男は
ほとんど液体であるわたしを許すだろうか
いずれにしろ空気の棘が
人体状の欠如をいっせいに襲撃するのだ
棘の管からのぞけば
かたい棒も波うつ距離もほんものよりすこし短くみえる
あそこまでたどりつきあそこまで
したたっていけたら　グーテンベルグよ
液体であるわたしやエモーショナルな自治領を
どうやって印刷機まで送りこめばいいのか
けれども渚づたい唄づたい
すべては殺されたがっているのかもしれない
朝に接近し
ガソリンのようにひえびえとした空間を
殺されにいく者らが
最後にもういちどふりかえるとき
はらみ男のまなざしはほとんど旋律となって
わたしの欠如をとりかこみ叩きのめす

消えないぞ世界
影踊りに熱狂する子どもらは
ラストシーンからはみだしイエーイエー
芸術家の眼の格子に首くくりにいくのだ
燃えあがるまっかな嘘をつきぬけて
敷石をはがし破目板をはずしてわたしは
発熱する海に身をゆだねるしかない
おおだから
幻と現実とで鎮まるものか天秤ちゃん！

ゲーム　7

眼は
すべてのわたしの囲繞からはみだす
はみだしながら暗い紙のうえ
びっしりと記された文字を消していく
ざまはない
わが球体の部屋で直立する青年のまっさおな指先からあ
　あゆっくりと実にゆっくりとしたたろうとする一滴の

海　溺れたがっている古典的な恋人たちを沈めるには
すでにじゅうぶんの深さである　まして深さが全開の
発語衝動を消化しないとすれば　ももいろの男根とし
てつったつのはわが一行の詩句　彼方のいちめんの浅
い地獄から妻が海したたらせてあがってくる　せつな
い痛いほどせつない！

あ　眼が通過する！
一行分の空地を耕すのがわたしなら
わたしとは飢えだ
あのはらみ男に
ありとあらゆる未踏の夢
ありもしない飢えの中に顕現するわたしに
物語を与えてやらねばならぬ
観念に熟していくわたしの部屋は時々船のように揺れ
た　ざわざわした空気やとりわけ苦い水のようなうた
のしぶきに濡れて　男は呪文をとなえた　漂う溺死体
を抱きしめた　暑いいちにちどこにもいかず　髭はえ
そろう夢のなか夢の外へとまたがりここにいてここか
らあここでだけなのだ　時が宇宙をよこぎっていく
のをとめるロゴスとは集めること　こうやって映像人
間のにがい光のようなものを集めること
黄金の棘にさされ光よりもすばやく
わたしは海にくいこむ
草千里で海の影を反芻していた馬にも劣る
ああんなにも泡ててひょうたん島はどこへいく
ラマピテクスからオーストラロピテクスから歩きはじめ
て
直立二足歩行のサルであるあなたはどこへいくのか
せめておいていけ盲目の眼
からだじゅうの穴という穴に
両手両足はてはわが棒状の詩句をつっこみ
あなたの体液の養分を吸いあげてやる
まなざしのとどかぬ晴れわたった大草原
青ペンキで顔をぬりつぶしたあげくエンドマークめがけ
てとんずら
あなたではない
光を呑みこみながらわたしの緊張のむこうがわへ消える

映像人間

あなたではない
にせの物語にせの沈黙のアルミニュームの部屋にかけこ
む
あなたではない
あなたではない………
まだ夢みられていない夢につきささる!
警棒はまっさおに濡れる
溢れよ海

ゲーム　8

まずはふくらはぎと感受性とを
柔軟にするにしくはなし
暗がりで佇ったまま眠る馬のように
夢は　つったったままでも老いるのだ
甘ずっぱい都市にいちめん敷きつめられた油紙
夏のまわりでまわっているテープレコーダー
の沈黙の中心へ

近づく
風のいろはどんないろ
声の繃帯をぐるぐる巻きつけて
にせの連帯にせの共和国の
髭むす魂野郎について一言もしゃべるな
さみしい傘をさして帰っていく
影のような知識人の一団
どんな光の狂気がかれらを
かがやかしい白色の世界そのものにかえてしまうのか
暗黒空間から突進してくる地下鉄のなまめかしい金属体
に
とびちる水々しい星しぶき
そしてあらゆる構築物は
風のように遍歴すべきなのである
声は
静まりかえった痛い夢をひきつれて
夏の岸辺をへめぐりそこからさらに深く
ことばをふりきってのびるいっぽんのかたい棒だ
電話してください

電話してください
ほんとうのところわたしの肉体はだれでもなかった
夢と受話器のそばにしゃがんでいるものにすぎなかった?
というのはわたしなのか
だれなのかこんりんざい
不明の裂け目に電話してください
胸のたかさにはりめぐらされた人体解剖図
それら極彩色のおそろしいものの連鎖を
くぐりぬけくぐりぬけ跳べ跳べ黄金隠沼
出逢うすべての子どもらに傷をつけ
出逢うすべてのものらを私有しない
海は
どこにもつかまえるところがないのだから
死にいそぐ知識人の毛深い肛門へでなく
偽装したまま佇ちつづける夢
の成立にむかって
ゆっくりとふくらむ涙球のように
一滴の
一滴の毒が内側からはりつめてくる

ゲーム 9

男のうわの空の、
はりつめた緑青のへりを家族づれのピクニックの群れが
　へめぐっていく。
鉛色した草とやわらかな土管のむこうで
ひそかに子どもたちの死体が育てられていくのだ。
いつまでも棒のように、堅気でいられるわけもない！
裂けよ、いちまいの白紙のように、世界は
きんぽうげやいたどりの植物図鑑ほどに重くない。
生膚断、死膚断、泡だち、球体がゼラチンのように整列
　しはじめる
おのが母犯せる罪母と子と犯せる罪おのが子犯せる罪、
　わたしは
子どものとりわけ未来の裂けめを愛した。
せつない毒の球根にねぶられながら
われわれのとがったペンは、
血のにじんだ夢の皮膚に接近し
何を現前させようとたくらむのか。

一点へ遠い嘘の一点へほとばしりほろびていけ、
ブルーブルー
憎悪を追いつめていく岬の、
往く前に、いっぽんの熱き柱たち、空、笛のごとく鳴る。
男がいうのだ、柱を抱け。
空を通りすぎるものはいっさいの影だ、
不滅の影のいっさいの母音だ。
柱を抱け。就きて柱を抱けば肉皆鎖け爛れただ骨鎖のみ
　存れり。
ことばのピンで止められたままである。
みだらにひらいた青空に漂う白紙、
こぼれるこぼれるよ海！
歴ること三日、男、斃れたる箒を以て其の柱を撫でる、
活きよ活きよといえば故のごとく身生く、道の長手をく
　りたたね、
狂うようにとびたっていく、
肉体の生涯の深みからとびたっていくあれを何と名付け
　ようぞ、
翼あれ暗い肉よ。

とりあえず馬、とるものもとりあえず
北へ、北へ、北を指して将往に先に倍勝りて、熱き柱、
銅の柱たてり。来よただ一度来よ。
男いう、柱を抱け。かがやく闇にひかれ言の葉の露にそ
　ぼたれ、
就きて抱け、柱を抱け、子どもを抱くがごとく、ああ
魂はどんな色に闇を染めあげるのか。
のどを裂くようにするどく北へ向う男の憎悪に浸されて
眼をひらいたままの子どもたち。
いつまでも堅気でいられるわけもない、
離れよ、肉体から離れよ。
光でおおわれた死体はしだいに汗ばむ
空を通りすぎるものはいっさいの影だ、
ことばは何ひとつ視ていない。

ゲーム　10

疾走する男らきれぎれに裂け

裂けよ夢
超か反かの集団幻視のぴらぴらよ裂けよ
すでに余白にたちならぶ映像人間
すでに余白にたちこめる雲
秘匿さるべき棺たちわりてたちあがる死体よ
頭蓋の分裂よ
分裂しながら殖えていく火よ
照らしだされ風景がぐらっと揺らぐ
倒れながら蒼白な国家を視た
暗い眼の格子を擦過しつづける空の破片
茫々と遠いところにいきたがるまなざしはつねに
彼方から夢みられているのだ
希薄な空気の中をつきすすむ死体
みひらかれた瞳孔いっぱい青空に塞がれて
われわれはどこにもいない

やわらかな家々の戸口から垂れさがり男らは
凍った紐のきれる未来の朝まで
もうまっすぐに落下する

夢への復讐だついに
踏みだし語りだす死者たちへのおかえし
おおうるわしの大和の
かぼちゃと馬鈴薯の絵皿よ
われわれを接ぎあわせるあらゆる夢の接着剤よ
裂けよ絶望的幻想の雲
チューブから這いでる赤ん坊
(生まれる前におまえを殺した)
(おまえはわれわれの臆病な模写)
すっぱいほど透きとおって赤ん坊は
われわれの唾液をひきずるように
沈黙にふくらむ家々をまたぎこす
眼底の水のみほして翔べ
赤ん坊十字軍!
〈革命にあらず　移動なり〉
〈革命にあらず　移動なり〉
裂けよ雲
硬質青の
歌もない

分割し統治する権力もない領土に
輝く断面肉体として屹立せよ

ゲーム 12

反りかえる波の鋭い頂きを滑る
せりあがり波乗り男の
未明の裂傷において
帰るところなどあるものか
はがれていく波そこから
地表せりあがりわっと凝集する
液体金属のような渦動の中心点へ
滑走と等質の
破滅を招きよせることができるのなら
黄金の円盤
眼球をころしにくる光の
ひとすじの貧しい根に縛られたまま
醒めつづけるカミキリムシと
反故の束だきしめだきあい

ふるえながら沈む
壮大な落日のような肉体
もはや希望を語らない喉に噴きあげる
豊饒な麦の穂波と夜々があるのなら
方位を消し
ふかぶかとした人称の皮膚の彼方に
息ころし潜水するわたしの空洞の桶は
へりまで海に満たされるだろう
あなさやけ桶
桶裂けおお帰るところなどあるものか
振りかえりふりかえってみろいっせいに
夏の反乱軍がおそいかかるのだ
頭蓋の草々をなびかし
単純な斧の思想をつつみこみ密雲のように
せりあがり裂ける波
さらにいちまいいちまいはがしていきついに
はがれていくわたしの貌は
つぎつぎと鮮烈なしぶきとなって
反季節的なわれわれの島をめぐるしかない

帰るところなどあるものか
恥祭りの夜
ひっそりと首くくられにいくあれがわたしの子どもら
であるのかないのかだんじて未明の
裂傷において
目つぶしにおいて
幻を私有する!

ゲーム 13

眼は世界の焼却炉にすぎない
ということばに傷つき
燃える夏の余白にまたしても残るのか
わたしは出まかせ舌まかせ
うたの至福の頂きに向けて
ことばと抱きあい腐敗落下
星のようにいくつもの季節をわたって
散っていけ輝くステンレスの構築物よ
碑文をなめまわす球根のような頭蓋の隊列よ

広場の中心へと倒れこむ夏
二十五回目のしたたる呪文あれはなんだ
寒暖計かみくだす夏の一日
猫踏んづけて男千里の藪入り魂鎮め
夢の凍体タムタムめ
空をめぐる水髪のような風よ
合掌する指の尖端から
どのような物語の未来をも欺く
世界の終末が
血のように噴きだすのなら
しんとした海府からいま殺到しつつある洪水と
神出鬼没波騒ぐ夜々と濡れた舌
ああ汎神論では生きられないよ
くりかえしもとの木阿弥の灰として帰還し
眼球に始源の朝をつきさす夏
国家の凍結した生涯のなかで
逆さに吊りさがっているわれわれの死体よ
雷鳴にふいに浮上する欲望の岩盤を貫いて
だんじて沈んでいくわたしは

裂けつづける眼球の一点の傷として残る
疾走するコカコーラのばかでかい看板
疾走する幻影列島首なしタムタムちゃん
空の裂け目に血垂れながし
音楽の棘のように
刺青した背中がつぎつぎとくいこむ
沈みながら手につかんだ青空がさしだされる
集まれ未来よ傷のまわりに
視たものすべてを火掻棒で攪拌し
凶暴に焼きつくしながらついに
焼却炉よ燃えよ
わたしが愛するのは
フィルムの屑のようにふるえている灰
わたしの消滅したあとの美しい世界だ

ゲーム　14

すでにわたしを遠く離れて
崩れていく顔。

ほのあかるい中心から凍る火、凍る火、凍る火
凍る火の、直立。若年の
夢ふきあげる寒い火事、予感の裂けめで
待ちかまえているテープレコーダーの上、擦過して
夜ののどをいっきにおし開く、うわっ
　　　　　　　　　　　　水だ。
せりあがり、なだれこむ神あがり
　　　　　　　　　　　問われ、
　　　唄のこどもらに
　　　よびかえされ、未明。
頭髪を、闇のように、透し、拡げていく、水だ、
　　水影に、みえかくれし、反転
　　　浮きあがり、
　　浮きあがり、反転
　　せりあがる、うつつの切れっぱし！
あふれようとするものら
　懸命に抑えている、
みつめられている、

まなざしの腕力。
おお、人称よ
　　滅相もない
影の構築にむかって、のめりこみ
だれですだれですだれです！
　飢えの光に射貫かれて、
はみだし、よじのぼり、彼方で
みだれたまどろみの星のように
架刑される。

誰彼の名を喚びつづけ、
　　喚びつづけられ
遠く、崩れていく顔の、
　薄明の照りかえしのうちに
はげしくはじく水鎮め、立てよ正義。
　飢えのありかまさぐる指、抗を打ち
　空白を包囲し、密集し、唄うたう
おふざけでないよこどもら。
豊饒の、空、割れ、痛い、光が、刺してくる

うねりあれ道うねりあれ水ちまたやちまた濡らしつつ、
白紙たちあがり
　闇の、ありもしない深みへ逸脱
　だれが唄などなるものか。
　　崩れていく顔の
　ひとすじの遠い血煙りから、
やってくるやってくるやってくる
やってくるおどろの血のろしの…………

ゲーム　15

びっしりと石が埋めつくす
若年の空にあふれ水のようにゆらめく道
すでに帰るすべのない道のなかばで
崩れていく顔に訪れた朝へ
不意に噴きだす闇
消え去る一人称が遠く遠く一点にひきしぼって張りつめ
て
ついに裂けていく霧や

韻律やもうどうでもいい
人知れぬ飢えのことを語るわけにはいかぬ
探照燈の照らしだすわれわれ単独者の近似的肉体
それを名付けよというのなら　夜
夜の力で裂けていく霧と
韻律ともうどうでもいい
宙吊りのままいっきに溺れていく声だ
濡れた馬のたてがみが眼底から
あふれ一列に流れ
自己救抜の饒舌は垂れてふかく
うずくまる村落の夜明けに達するとしても
すでに帰るすべのない道のなかばで
崩れていく眼底を痛い舌のように這いまわり
昏い水としてゆらめく
水のありかが夜の位相を決定するというのなら
夜を夜の高さで耐えよ激しくゆらめきながら
注視する闇のまなざしを耐えよ
死の土地のめざめの奥へはみでていく
こどもらのやわらかな四肢のそよぎと

風と探索と
すでにわれわれを置きざりにする凶暴な儀式のはじまり
あらゆる私有地の飢えの中心から
凶年の夜に潜み
肉体の腐敗を組織する
高みから見張っている泥と廃屋
地平を埋めつくして乱交する馬
踏みつぶされる灰のような系図に星を刻み
裂けていく霧や
韻律やもうどうでもいいや
歳月に暗く割れている額をフィルムのように巻きこんで
動くな動くな動くなねじくれたまま動かず
走れ夜

最後の唄

藁をもちぎれ雲をもつかめるものか
倒れこみながらみたおそろしい青空を

眼底にきざみつけているのもつかのま
滑らかな疲労と泡だつ岩
よこたわる弱者の致命的成熟にむけて
みひらかれていく夜
自己幽閉の水晶体に逆さに吊りさがる
唄のこどもら！
みてきたすべてのものをねばい唾液でひき寄せるや
身を震わせてまなざしからいっさんに燃える
もう埒もない恐怖のへりや
かがやく影の渚で島よりもおおきな飢えをかかえこむ
それしかない　飢えのなかにすらないかも知れない
世界は
象のようにぶあつい風の吹きわたるまっさおな牢獄
恥毛の繊細なゆらめきに吃る朝から遠く
走りこんでくるあらたな夢の舌にはさまれねぶられる
岩の男は　雷鳴の空にいくたびも顔を砕き
あらゆる裂け目をめくりあげそこに潜み
鋭くとがる乳房と醒めた星
たちつくす歳月の草を噛んでもはや夢をかみ砕くばかり
だ
おおつかめるものか藁　ちぎれ雲
倒れこみながらそこから始まるねじれた空白の持続
鎮まりえない闇のあからんだ水脈を読みあげ
激しく回転する食卓や扉を突き抜けると
何があったと思う　影の渚
苦痛にあえぐくるおしいのどに突きこまれる沈黙の腕
うちあげられるやわらかな溺死体
かれらを沈めることも浮べることもできなかった
歴史の理由はみだれた刺青のようにひろがり
裂けていく塔のごとき水無月からしたたる
一滴の海を目撃する
だから眼の叫喚
だから眼の水葬
すなわち　眼の絶対零度
だんじて瞑りつづける眼の格子は
最後の夢のどのような欠如が襲うのか

（『連禱騒々』一九七二年母岩社刊）

詩集〈冬の光〉から

冬の光

鳥の影も映さない水の面があって
雨が降っていて
そこだけがかがやいていて
水の面は雨にぬれながら
けれども　かくじつに老いていくらしい
豆粒ぐらいのにんげんの頭部が
浮いたり沈んだりしている
時計の文字板をみるように
きみは
失神しているじぶんをみたいとおもった
光の切り株をまたいでやってくる
どのような未来も語るに価しないから——
あたまの真ん中にある真鍮の棒は
なかの炭素棒につながっているんだよ

ほら　これがプラスの極
娘は黙ってきいている
金属やボール紙やプラスチックでつつまれている内部は
内部のことなどほんとうのところ
だれにもわかりっこないのだ
くらい家族が火をかこんでいて
壊れていくものの音をきいている
きみは
失神しているじぶんをみるように
浮いたり沈んだりしているものをみたいとおもった
一個の豆電球と二個の乾電池による
乾電池のつなぎかた
そこからだって闇はいっせいにはじまっているのだ
ちぎれた紐があって
湿った新聞紙の束があって
水の面をわたってくる風の悲鳴
きみの生活は　ここにではなく
きみのことばのうちにしかないのではないか
けばだち冷えていくことばのうちに

だから　闇の力をあつめること
乾電池につまったピッチのように　ね
そこに不安の階段があって
雨が降っていて
そこだけがかがやいていて
失神しているじぶんをみるように
きみは
皮膚のうえで慄えている光のつぶつぶを
冷やしてやろうとおもった
鳥の影も映さなくなるまで

鳥がきた日

あの鳥だ
娘は鳥類図鑑をかかえて
妻は双眼鏡をもって
二階へかけあがっていったから
こがら　しじゅうから　いわひばり
その何日かまえは　ひがら　しろはら
さてきょうは
るりびたきとでも名づけられる運命にある
あの鳥
ここから鳥のすがたはみえぬ
黒いゴム服を着た男が
おおきな金網で水中から光をすくいあげている
あのあたりらしい
あの鳥はみえぬ
で　どうしたというのか
どうもしない
どうもしないが　いつだって
われわれの生は救われたがっているだけさ
あの鳥
鳥がことばでできているはずはないが
娘は人間のことばで鳥とはなす
鳥さん鳥さん鳥さあん
あの鳥ほら　向きをかえた
光が一瞬かたちをあらわしているのだ

じぶんが鳥だってことを思いだしているのだ
そんな単純なやり方でしか
鳥が鳥であることなどできないんだぞ
風だってあのあたりで
倒れていくみたいじゃないか
いかなる比喩もゆるさぬみぶりで
かわいた棒杭が突きでていて
ここから人間のすがたはみえぬ
黒いゴム服を着た男が
鳥でないという保証はないから
だから　あの鳥に名前はいらぬ
あの光
あの鳥
鳥がだきしめている小さな暗黒

塀

塀があった
だから塀にそってあるいた
陽がかがやいていた
きみを脅やかすものは
いまなにもなかった
陽のかがやきに隙間がないように
きみの生活に隙間はなかった
白い花をぶらさげている木があった
それが塀の存在をあいまいにしていた
木の名前など知る必要はない
だから夢にむかって醒めていくように
きみは塀にそってあるいた
子どもがなにかさけんだ
ラジコン飛行機がとんだ
塀のうえのペンペン草め
きみはもう軽くなるばかりの存在だった
わかっているのだ
ことばを生きるなんて
そんなことは未来人はしないぞ
（人類が象徴という方法を発見して以来

世界は　目にみえるものに変貌した）
だなんて！
白い花をぶらさげていたあの木が
塀のむこうがわから生えていたのか
塀のこちらがわに生えていたのか
こんりんざい判明させないからな
どのみち　塀とのかかわりだけが
きみを老いさせる
だからといって　かりにも
きみを脅やかすものをみることはできない
ロートレアモンなんか読まない
だから夢にむかって醒めていくように
きみは塀にそってあるいた
（塀にむこうがわがあるのだろうか）
白い花がゆれた
たそがれの布のようなものが
きみの視野をおおった

禿頭ぐらし

まず禿頭があらわれる
冷蔵庫のなかでせせらぎの音がしていて
禿頭のうえを微風がふきすぎていって
火や水から遠く
禿頭のほかにみるものはない
鉄製のファンが天井にはりついていて
くらい空気を攪拌していて
男がいて
女がいて
（まわっているフィルムのかすかな擦過音）
信じないよ　躁鬱病だなんて
きみはなにをみようというのか
目にみえるものが禿頭だけだなんて
抱腹絶倒ものだ
だが　きみの眼球ときたら
丸太棒にしがみつくようにして
禿頭のスクリーンを漂流

いきをとがらせて――
ブッキッシュすぎるんだよ生き方が
男がいった　救われないよ
海水浴場　といえば
ごろごろころがっている死体
かなんか即座に想像するなんて
目の堕落にすぎない
目にみえるものに乾杯！
目にみえるもの
（つまり　一個の禿頭にすぎないのだけれど）
ドアをバタンといわせて女が出ていって
ドアをバタンといわせて女がかえってきて
フィルムはまわりつづけて
えんえん八時間
もうじき消えてしまうぞ
男がいった　知らないぞ
禿頭は汗をかいていて
禿頭のうえを微風がふきすぎていって
そのむこうはたぶん窓
そのむこうはたぶん闇
どんな幻のちからもかりずに　きみは
ゆっくり腐敗してゆくものを
みていて――

家具について

いま
家具という家具を柔らかなものにかえる
狂気のごときものがあれば
きみは　癒える
その輪郭や色やとがりが
もはや名ざすことのできない
くらい光のようにうねりはじめて
茶ダンスが茶ダンスでなくなり
椅子が椅子でなくなる
それまで
きみは眼のまえの家具を

みつめていられるだろうか
吐く息と吸う息とで

＊

犬の眼のなかへ
空という空がたれさがった
〈柔いものは何もないと分ったから
ぼくは木片を鋸で切り
螺子を板にねじこんで棚を吊った〉
そして　きみの眼のなかで
家具がふえた

＊

犬の眼は空をみつめる
耐えることもなく
きみの眼は家具をみつめる
夢みることもなく
家具の表面の微細な埃
そのうえを小さな光が擦過する

犬が　耐えることができないのは
くさりの長さ以上夢みることをしないから
よしんば夢みる犬がいたとしても
夢を拒絶するなんてしないから

＊

むかし　外国映画でみたことがある
かがやく渚を
三人の男がタンスをかついで歩いていく
雲がゆっくりとうごいて
遠くでふいに犬のさけぶ声がして
そして　きみの眼のなかへ
タンスが運ばれてくる

＊

棚を吊ろうが吊るまいが
夢とか世界とかは大きすぎる
家具という家具に包囲され
それらが腐蝕していくのを

みまもってやるしかないのだから
主題は　どこまでいっても家具についてだ
きみの眼球から
どんずまりの渚があふれだすまで
渚をころがりまわり　狂気が
きみの子どもを産みおとすまで
それまで
脈搏のようにしずかに
——雪ふれ

＊〈〉内の三行は、谷川俊太郎「干潟にて」からの借用。

一枚の絵

針金のようなものが横切っている
踏みしだかれた草のうえから
その線は左上方であいまいにとぎれ
息苦しさをやわらげてくれる
かりにそれが蜂がとんでいる軌跡だとしても
とぶとき蜂は蜂の形態をもたず
蜂であるまえのはげしい光のままだから
どだい蜂が絵になるわけがないではないか
想像のすずしい棘をおくってよこすだけさ
草いろの風が
線にそって描かれているだろう？
それが蜂がとんだということなのだ
踏みしだかれた草にみえかくれして
エロチックな赤い歯型のようなもの
その上部に半円形の丘
丘のまんなかに三人のちいさな人物
地平線はない
草は画面のそとの　つまりほんものの空を
さかさに映しているはずだが　不明
不明であることによって
感傷をこばんでいるようだ
ただおおきな鳥の影のようなものが
丘の腹をななめによぎっていて

そのくちばしのさきを三人はあるいている
かりにピクニックの親子づれだとしても
死ぬまでの気の遠くなるような時間を
かれらは一日ぬりつぶすだけさ
夢にあらわれたあぶら汗のような
獲物をみつけるために　ね

川

（川の名がわたしの住む町の名である、そのことを意識することもなく、わたしは、川のむこうがわへ出かけ、川のむこうがわから帰ってくる。）

ひとりの男が、厚ぼったい黒い布のようなものを、はげしくふりまわしている。対岸の堤防の上。もうひとりの男を殴りつけているらしい。空は低く垂れさがっていて、殴りつけている男も、殴りつけられている男も、はだかだ。いま、陽は没していくところだ。草のゆれている部分が、左へ左へと移動する。上流の、葦のしげみのむこうに、ふいに馬の頭部があらわれる。空は低く垂れさがっていて、いま、鋭くひかるものがうちおろされるところだ。馬が、いかだにのった馬の全体が、みえてくる。二頭の馬は、流れに横むきになって、うごかず、水道の蛇口のような首をつきだしている。そのまなざしのさきで、ふくらむ水。なめるように、馬の腹の下を風が吹きぬける。馬の腹部から這いでた男が、ななめに、水を裂いて棹をつきいれる。すぐに棹はたぐられる。光のつぶつぶがはしる。いかだ師のひくいつぶやきが、ひくいつぶやきのまま、川の幅だけひろがる。空は低く垂れさがっていて、ねばりつく空気のなかを、はだかの男が泳ぐように、堤防から川っぷちの道にはしる。頭髪が草とともにそよぐ。ふたつの黒い影から、川づらへむけて、舌うちのように砂利がはねる。あそこには、おそろしいものが隠されているのだ。あの道はそのさきで曲り、坂につづき、坂をのぼりつめて、わたしの家までつづくのだ。空は低く垂れさがっていて、わたしは、馬の眼のなかにとらえられたまま、五寸釘となり、小さな黒点となる。川が大きくうねっていくところで、わたしは、消える。

聖五月

照り返しのなかを妻が帰ってくる
ペンキの剝げた金網塀に沿って
角をまがり
ペンキの剝げた金網塀に沿って
角をまがり　くりかえしくりかえし
妻が帰ってくる
胸にかかえている紙袋のなかの暗い卵
ストッキングにつつまれた脚
なにもかも透けて
血が　あんなにめぐっているのがわかる
どうやってなだめたらいいのだろう

水は風呂桶のへりまでたたえられてふるえる
音消したテレビなのに
チェロ弾きはやっぱりチェロを弾いた
いやだいやだ　せめて
生活者のささやかな侮蔑に価すること

もしそうでなければ！
ペンキの剝げた金網塀に沿って
角をまがり
ペンキの剝げた金網塀に沿って
角をまがり　くりかえしくりかえし
きみが帰ってくる

夏から夏へ

きみの中で
音楽がならなくなって久しい
白紙も絶望もおしまいだ
そして　きみがみているのは
くらい庇の下に
静脈のようにうかびあがる妻と娘
寸断された狂気の水面のしずけさ
それらは　きみを鎮めた
暗闇のなかで崩れていくパン種子

震えあがる舌先が点火され
すべては灰の方位へ一ミリだけ近づく
夏から夏へ
わかってるさ　倒れながら生きていくだけ
時間が発狂すればおしまいだ
唐突にやってくる水へのあこがれが
きみを　歳月のように組織するだけ
木が立っている
今しがた台所で　きみは
目をつぶって暗い液体をいっきに飲みほしたのだ
そして　きみがみているのは
木ではなく
木を立たせている恐怖のようなもの
そこらあたりで仰向けにころがったまま
ゆっくりと干あがっていけ　夢の死体
（それにしても不思議だ　きみが
人間のかたちを保っていられるってこと）
血の音をききながら息をつめ
そして　きみがみているのは
水びたしの床の
ついに馬になることのなかった二十日鼠
両腕で抱きしめる膝のあたりから
すうっと消えていく
つめたい汗のようなもの
それらは　きみを鎮めた

火の音

右往左往する
四角にちぎられたキャベツめ
夕暮れのおおきなフライパンのなか
吐息につつまれてずり墜ちていく
涙の玉葱
おれまがった歳月の白さ
いわないこっちゃない
古い戸棚から夢はどっとあふれだした
だがあわてることはないのだ　ただ

一刻ずつの正確な呼気と吸気
一刻ずつの正確な吸気と呼気
かがやく雲の　おそろしい変容
おそらく
生きてなんかいられないのだ
そう考えて生きてしまった
生活の分別
けっきょく育たなかったアオムシの
夢やがらくたはお払い箱さ
本を読んでいた娘が　だしぬけに
浴室にかけこんで泣きはじめた
フランダースの犬をひきずったまま——
点々と落ちている血
全開にされた水道管の
火のような音
わたしはじっと聞いているだけだ
誰ももう救われないし
救ってもくれない　それが
あたえられた唯一の希望だから

草の名前

——千々和久幸に

悲鳴の高さで樹皮は剥がれ
（とがったペン先で刻みつけられる中絶符）
おなじ高さではりわたされる断言から断言へ
往ける者よ
おそらく発狂まで膝で歩くのだ
いぬびえ　えのころぐさ
それからすべりひゆみたいに　さ
（比喩じゃないよ　けどまたぞろ反省的認識だなんて
きみはいうだろうか）
ほんとうはもううんざりしきって
風に吹かれていて
語のきれぎれをつないで
こまつなぎ
（根はしっかりと土中のたてがみをにぎってるかしら）
そのむこうに川があって
（妻と娘はなにをさがしているのだろう）

川のむこうにはやっぱりむこう岸があって
むこう岸のむこうは
みえない
だから吐く息と吸う息ばかりの
健康な音楽があって
そのあたりで救われるかといえば
たぶん救われない
往ける者よ往け
わたしはどこへもいきはしない
なぜ　ねこじゃらしはえのころぐさなのか
なぜ　吐く息は吸う息に接続するのか
不明こそわたしの誠実
（夢は夢のちからによって醒めねばならぬ）
夢のなかで波うつえのころぐさ
そこらあたりの人頭石
倒れよ倒れよとささやく犬も冷えて
そのあたりで倒れるかといえば
たぶん倒れない
なぜならここへやってきた者だわたしは
（なぜあらゆる旅行記はついにどこかへ帰還する物語な
のだろう）*
悲鳴の高さで樹皮は剝がれ
いぬびええのころぐさすべりひゆ
草の名前もおわるあたり
はりわたされる断言から断言へ
往ける者よ
往け

＊の一行は大岡信「螺旋都市」一節から借用。

冬の問題

いちまいずつ光の上衣を脱いで
ついに透けてくる寒さにたどりつく
みまもっているよりほかないんだから
そのようにして一瞬のうちに老い
そのようにして一瞬のうちに醒める

夢にむかって
「人生での驚き——
自転車を走らせながらかれは考える
それはなんであろうか?」
野犬狩りの鞭のように
光る声
光るかたい水は
かれの視線をはねかえす
なんという生活へのおれまがった手続き
生ま木の裂けめから
空気が音たてて噴きだす
かまどの闇があかるむ
そのようにして一瞬のうちに鎮められ
そのようにして一瞬のうちに醒める
夢の外にむかって
「生まれること
成長すること
歳をとること
死ぬこと
最初のことについてはどうこうする余地はない
しかし——残りの三つはどうだ?」
白紙の上でだって
世界はおだやかに老いていき
かれの視線をはねかえす
いちまいずつ光の上衣を脱いで
ついに透けてくる寒さにたどりつく
すなはち緩慢な自殺!
(酒量など問題じゃないさ)
そのようにして一瞬のうちに断言し
そのようにして一瞬のうちに醒める
夢にむかって

＊詩篇中の引用は、レイ・ブラッドベリからだが、清水哲男氏の詩集から借用したもので、ほんとうのところは知らない。

うた

——塚本龍男に

突起している皮膜が内側からさらにはりつめ
て　かすかな裂けめが生じた　夜明け　そこ
から覗いている恐怖の尖端　第一日目のうた
はそのあたりからはじまった
　　　　　　　　　　　　　　二日目　うたは
照りかえしの砂埃にさらされて渇き　三日目
はうたもろとも雲散霧消
　　　　　　　　　　　それにしても　二日
目　うたの砂埃のなかを自転車で走ってくる
きみの子供が　きみには幽霊のようにみえた
陽炎にゆらゆらと溶解していた鉄の柱のよう
に　きみはみずから　消滅することをねがい
そのねがいに酩酊することによって　ことば
なぞ忘れてしまったとでもいうのか
　　　　　　　　　　　　　　　　過去がい
っせいに呪縛しにやってくる　というのなら
白紙をまえに　むしろ圧倒的な量のどろどろ
のパルプを　いや一本の太い赤えぞ松の木を
想いみるべきではないか　未来だけでもすで
に過剰なのだけれど
　　　　　　　　　第四日目　うたはあれだ
あれだと思いだそうとしながら　血はずんず
ん床の方におりていく　まぶたの岸にうちあ
げられる割れた西瓜　もうこうなれば　人間
狂う権利だってあったのである
　　　　　　　　　　　　　　　つめたい鉄柱
にさわり　にがい水を飲み　そうしてきみが
うたに固執する唯一の理由はといえば　昏倒
しようが狂おうが　うたはきみを救わないか
らである（と　ささやくのは　単なることば
にすぎぬ?）ああ　ことばを追いこしていく
怖しい青空
　　五日目のうたは火盗の股くぐり
　　六日目のうたは反古　あるいは夢
みられぬままの灰

かたちあるあらゆるものが
運び去られた薄明の七日目　ひっきょう狂う
ことを放棄せざるをえないのは　見ることに
執着しすぎたためであろう　世界がくるぶし
を浸す深さであったなら　水遊びをしながら
わめきあうこともできただろうに
きみはぶざ
まに生き残る　なぜならうたは彼方であった
から　彼方の照りかえしであり　砂埃であり
砂埃にさらされた渇きであったから

夢殺し

そしてそこで
どのような脅えもなしに
きみは暮していける!
積みあげられた空壜と疲労のてっぺんから
ひとかたまりにずり墜ちる生活者

かれらを　いちどだって狂わせたことがあろうか
たかだか太陽を縛りあげるための比喩が
渚が
失神のあとの新鮮な吃音が

いくつもの稲妻をわたって
鏡たちが擦過するめざめからめざめへ
じぶんをひき裂きながら
紙ヒコウキのように不器用にとぶさ
ときたまの発熱
言葉のうそっぱちの涯までたどり
そこから離反する海は海の命脈によって
百合は百合の命脈によって
それぞれの死を死ぬしかない
やわらかな矢印も貝もなく
それから――
絶句して波うつ巣箱
音楽の衝迫
まぶたのうらで

だれもいない闇が熟れていくように
肩のあたりから　きみは
どのような緘黙に痩せたか

ふかぶかとした陶酔の波間から帰還する
かれらが　悪い夢ならば
夢もまた生活だった
だから　失速しだんじて生き残る者は
有刺鉄線のようにしずかに暮していくべきなのだ
くらい家具に囲まれた浅いめまい
台所にたてかけてある庖丁のひかり
そしてそこで
どのような脅えもなしに……

私生活
――一九七三年五月七日

世界はこんなにもおだやかで
あかるい大浴場みたいに自足している
妻子のために敢然と戦った
西部の男は
陽に半身をそらしてゆっくりと倒れる
倒れる影像の執拗な反復
ざまはない
倒れこんだ夢のいちばん深い場所で
のみほすしかない　くらしの幻
のんだくれの明け方の水のように　ね
かたい夢にくぎうたれる暗緑のスクリーンで
鳴きはじめる蟬のようなもの
ことばの迷妄?
欠けているのは歯ごたえ　いや太陽の毛だ
星のたまり場をわたりあるいたところで
生きている保証などどこにある
どこにもありはしない　と
倒れながら納得すること

＊

一九七三年五月七日
テーブルのかどで割る生卵に
にじんでいるひとすじの血
赤ん坊の悲鳴が階段を這ってくだる
もう階段のしたまで
死の波打際はせまっているのだ
それが恐怖
ばかいえ　それもまたことばのうそっぱちさ
古代ローマでは
領土を略奪する者　それが
すなわちもの書きの謂である
ならば　ことばなしで
あらゆるがらくたを略奪すること
あらゆるがらくたを鎮めること

*

幼い息子に馬の乗り方を教える
夕陽に目を細めて妻が戸口でみている
夢は　いっせいになぎ倒した
汝　夢なれば
一本の藁もとどかぬところまで沈め
すでに咽喉もとまであふれてくる洪水
階段をのぼり扉を圧して　もはや
日本語であろうとカバン語であろうと
救いえないだろうよ
霧たちこめるイルカ語の春秋をすぎて
日本語の夏カバン語の冬を狂わせ
どのような季節を生きよというのか
くらしの卑小さへのためらいがちな葉っぱよ
その下で
馬のかたちの恐怖に出逢えるのなら
あらゆる裂傷のかたちに歪むこと
あらゆるがらくたに潜むこと
くらしの分別をいきなりつかみ
それらを音楽のようにぶっこわすこと
こんなはずではない暗緑の言語圏よ
だんじてこんなはずではないわれわれの生
寒い家具にとりかこまれて

まぶしい深さのなかを墜ちる
生き方とかかわりなく思わず藁をつかんで

＊

一九七三年五月七日
われわれの赤ん坊は死の波打際にたどりついたろうか
波打際のがらくたに光みち
ちきしょう夏

渚

あらゆるものが海となる
霊感なんてくそくらえだ
星や金属だって
回転しつづけていれば疲労するさ
けれども日々の吐息のうちに
またぞろ自己放棄のいただきを滑りおち
きれぎれの渚を嚙んだ

おまえは躁鬱病さとのんだくれの友がいう
口をとじ眼をとじてなお
蟹の単語きれぎれの渚の単語でいえというのか
おそいぞ！　老年
海猫なんかが衝突し　傾く渚
うちあげられひっくりかえされる舟は
われわれが生きるのに必要な恐怖でつくられているのだ
木なんかじゃない
眼を木釘のように刻印することはできないのだ
きれぎれの渚をつたって
舟を押していくのだ
（血の滴りを雪のようにききながら　ね）
けれども吐息の形式のうちに
走りこもうとするのは誰だ
まぶたのうらのぬれた砂をみだして疾駆する
やわらかなオートバイのひよっこめ
星と憤怒の音階をばりばり嚙んだ
二十代の歳月は　すべて虚構
寒いことばの天体図をひき裂いてしゃしゃりでる

生活は　すべて虚構
けれども日々の吐息のうちにきざまれる
海猫をつき墜すくらい刻
あらゆるものが海となる霊感の
あのばからしい裂けめ
口をとじ眼をとじてなお
われわれを救うのは
闇ならば　闇
波ならば　波

マラルメを思いめぐらす36行

猫をいたぶり
猫にいたぶられながら
ここにいる
ここにいるのだ
くらい皮膚にはりつく刺青のような痛みや
飽食とよぶ　いや
うずまく哄笑とよぶもののどまんなか
もはや孤立することもかなわぬきれぎれの生
鐘をたたき　鐘をたたき
せめて
するどく孤立するものとして捩りあげてやれってば
つぶやきのうちにうち寄せる
波から波へ　漂いゆくあれを
藁でも落日でも痛みでもなく
まずは生活とでもいっておくべきか
やがて襲うひりひりする不安によって
猫は　ここからわたっていくのだ
いっきに海になるところまで
鐘をたたき　鐘をたたき
われわれの亡霊よ
海のガソリンよりも新鮮な恐怖をくれってば
ここにいる　約束によって
ここにいる　自嘲によって
ここにいる　傷であることによって
そう思うと感傷的になっちまうじゃないか

けれどもできるだけおまえから遠く
おまえの照りかえしのうちにあえいでいる生を
きれぎれに吹きとぶ猫や恐怖でもなく
あれは歌だ　とだれがいってくれるだろう
不幸なことにわたしは
完全に生きている
一刻ずつの痛み
一刻ずつの海
ふきぬけるおまえの晩年をくわえこんで
せめて
するどく孤立するものとして捩りあげてやれってば

暗国

悪感の階段をふみはずし
透明な矢印と
しずもるはるかな暗国のカミソリ
それらに誘導され
生活へのしつような渇き
比喩の暗線をどこまでもたどり
いまとなっては
疲れた唸りつづけの夢の巣箱さ　おまえは

怖しいことだ
すこしずつ灰に接近し腐りもせず生きていられるってこ
とは

カミソリの鏡の奥へ
妹たちは　直立猿人のように
からだをひらいて吹きすぎていき
そのあとに血みどろの闇がどっと倒れた
カミソリの鏡の上に
いちにちは難なく昏れた

断続するブヨブヨの間隙をこそ
いまは　世界とよぶべきではないか

あらゆる語の否定法と狂いの剝片
空模様だけの日録の記述
あわれむべし　詩は
底のない棺のように三度も四度もなにものかを哄笑し
傾くカミソリの鏡の上をすべった
しかたない　おまえの空を汲みつくし
けれどももっともらしく孤立者として甦えることなく
透明な矢印と
しずもるはるかな暗国のカミソリ
それらに誘導され
かきみだされる網膜の里の平安
あまたの屈折をいっきょにふみわたる
悲鳴やら　柔らかな乳母車にみえかくれする白髪やら
血のように鳴っている妹たちの喘ぎやら

〈おまえは美しい〉
どんずまりの単純な一行の灰まで散らばれい夢

吃音革命

吃音のくらい回路でおれまがったまま
あてどないものへの
執着ではじまる夏
血と青空によっても鎮められない
世界を
微小なものとつりあわせるために
主題がなければならないなんて——
あのかどをまがると
廃墟のうえのちぎれ雲
生れてくるこどもになんと語ればいいのか
たとえば生活の理想について
たかだか主題とは廃墟の爆弾である
流された血はいちにちもあればかわくさ
けれども吃音のくらい回路で
死語のためにだけ庖丁をとぐ
戦慄の砥石はどこから運びこまれるのか
いきくれた無垢の断言命題

遠く旅だった者らの影の泡だち
もうわたしは何ものをも抽象しない
雨ふるフィルムのように
吃りがちに夢みる
おれまがらない革命なんてどこにある
おれまがらない革命なんてどこにある——
あのかどをまがると
すでにわたしはどこにもいないよ
雲と泥の差など知っちゃいないさ
吃音のくらい回路でおれまがり
わたしはやくたたずの旋律と
藪枯らしをそだてる
どこにもいないわたしだけを通って
革命にでかける
なぜってやぶれた音楽の皮のように
吃音の舌が
土地の名まえをまきあげているから
あらゆる声の破片をまきちらすから——
そうして紙の鏡をかがやかせるためにだけ
裏がわでみたされていく認識の闇
血と青空によって鎮められない
世界を
遠く包囲しながら
藁の革命軍はおれまがりおれまがり
哄笑にちかづき
喘ぎにちかづき
もうほとんど死に浸った爆弾を
抱くことになるのである

影の国から

もはや失うべきものがなくなってしまった
ことばでつくられた
都市のめざめを細く裂いて
邪悪な光に縛られにいく者よ
けれどもくらいまぶたの部屋に
詰めこまれている死体や

酷薄な生の痕跡
あれらをどうやって運びだせばいいのか
みえないものがわれわれの眼を堕落させた
あらゆる隙間を影で埋めつくして
深いところからやつぎばやに浮びあがる
断念の朝
すでに帰還にむかうねじくれた矢印
疲れているのだ
などと要約させないよ
生活とは栄養分類表にしたがって耐えること
血も涙もなく恐怖のトマト握りしめてさ
けれども退いていくしかない
最後の夢の懸崖から
どのような生活がせりあがってくるというのか
あらゆる隙間を影で埋めつくして
深いところからにじみだす絶えまない出血
出血をこえてわれにもなく滑りはじめる
傷の年齢
猫に翼がないわけじゃないが

冗談じゃない
われわれは沈鬱にむかいあいそして
かくじつに肥りはじめた
けれどもあらゆる隙間を影で埋めつくして
幻が崩れさるばかりの深い朝
分水嶺から暴動のように倒れながら
われわれの生を侮蔑しにやってくるもの
精妙な逸脱の波
遠く悲鳴とともに波の下からせりあがってくる
血のにじんだ皮膚のようなはじまり

(『冬の光』一九七九年七月堂刊)

詩集〈静かな家〉全篇

木

木がたっている
(また　あの木だ)
眼はそこにいってしまう
眼をふせた男とすれちがった
手にビニール袋のスイカをさげている
死ぬための理由など
なにひとつもっていないのだと愕然とする
そんな夢をみたことがある
とげのある小枝をびしびし折って
その空白をいっしんにうずめた
夢のあとでは
ほかにすることがなかったのだ
くらい水が輝いていた
くらがりでいまはみえないが
黒ずんだ太い幹に
死ね
と刻みつけてある
眼はそこにいってしまう
葉むらのなかに手をつっこんで
わたしは濡れた幹にふれ
胸のたかさにある文字を
指先でなぞった

桃

男がビールを飲んでいる
くだらない仕事でも
心をこめてやるしかなかった
男はビールを飲んでいる
遠くで鉄橋が鳴っている
枝豆のたよりない色をみている
電車が通過しているあいだ

鉄橋が鳴る
そんな暗いちからが必要だった

ビールを飲みながら男は想像する
果物屋で桃を買う
指でおさえないでくださいねと女がいう
腐敗は　いつだって
デリケートな指先からはじまるからね
家族の数だけの桃を包んだ袋をかかえて
小さな橋をわたる
角をまがる　もうひとつ角をまがる
子どもらの声のかがやき
妻がガラス皿を戸棚からとり出す
ナイフのにぶい光
うすい皮と透明なうぶ毛につつまれて
テーブルのうえに桃がのっかっている
それだって幸福のひとつのありかただ
テーブルのしたは暗闇
いきなりそいつを抱きしめたい衝動にかられるが
男にはわかっている
幸福も不幸も表面的なものにすぎないってこと

男はたちあがる
枝豆のたよりない色がのこる
排水溝をながれる銭湯の水のにおい
ながいながい塀にそって歩き
それからバスに乗る
男は目をつぶる
すこしずつ腐敗していく桃を
胸のあたりにかかえて――

夜

浴槽から首だけだして
男が　湯にはいっている
湯のなかの陰毛がゆらぐ
このような姿勢で死ぬひともいるのだ

そうおもうと気が休まる
浮いている髪の毛を
プラスチックの洗面器ですくう
じぶんを救いながら
ここまでやってきた
ぼおっと　ガスバーナーの音がしている
きのう川原でみた
そのひとは
じぶんの頭ほどの石を
くろい鞄につめこんでいた
そのひとだって年をとる
だからこれからいくども
川原に出かけていかなければならない
くろい鞄をもってね
百までかぞえたら出てもいいぞ
ほんのひとにぎりのことばが
ひとを湯のなかに沈めたことがあった
ガラス窓のむこうで
身をひそめしゃがんでいるひとの闇もある

それが男の気を休める
くさりに足をひっかけ栓がぬける
だが男は
しんぼうづよく肉を沈めている
湯の最後の一滴が排水口に吸いこまれ
やがてぶざまに残る
裸のじぶんを見とどけるまで

裸の木

川のむこう
上半身はだかの男がいて
腰をおとし
腕を交互にまえにつき出している
腕をつき出すたびに
みじかい単語を発している
男はなにか伝えようとしているのだ
こんなところにはいられない

いられないとおもう
うす汚れたポリ袋が
裸の木にひっかかって　裂けている
裸の木を裸の木として
無心にながめることができるのなら
救われる
救われるかもしれないというのに
夢のなかで
男はいつも橋をわたっている
くろい鞄をもって
ながい弓なりになった橋をわたっていくのだ
鞄のなかに詰っているくらい光
男は出かけていくところなのか
もどってくるところなのか
橋のしたで硬い皺がきらめき
引込線の方から
血だらけになった男が走ってくる
空気がすこしずつ稀薄になっていくのがわかる
だから裸の木が裸の木として

順々にみえてくることもあるのだ
その木々のしたを
くろい鞄をもって
ほら
はだかの男があるいていくよ

草色のつなぎを着た男

草色のつなぎを着た男が
ながい板塀にペンキを塗っている
出がけに通ったときと同じ手つきで
(それがこわい)
なぜって
ひょっとしたら
板塀のずっとむこうにおれが
消えるのを見とどけてから
男はべつの場所に出かけていき
そこでひと仕事おえる

そのあとここにあらわれて
ああやって今
板塀ひとつぶんの夕ぐれを
塗りこめているのかもしれないではないか
(そんなバカなことはないが)
おれはいちにち
職場でなにをやっていたのだか
うまく思い出せないでいる
(それがこわい)
せまい排水溝をまたぎこし
草色のつなぎを着た男の背に
ちかづいていって　おれは
それからどうしたと思う?
(いつだってきみは
冷静な観察者でありつづけたさ)
いきなりかれの刷毛を奪いとり
そいつで両頬を乱打する
なにもかもすっかり思い出すまで
うちのめし

草色に塗りつぶさなければならない
あと十センチ
草色のつなぎの肩に
おれの腕がとどくはずだ

火と水

頁のへりを本のかたちに舐めていく火
燃えながら
燃えていくものはゆっくりとそりかえり
黒い表皮状のこわれやすいものとなって
ふるえる
(すべてが燃えつきるまで
息をとめていられるかって?)
火や水
それからできるだけ単純ないっぽんの木
それらをみつめていると
(世界なんか　もう

どこにもありはしないのさ)
垣根のむこうの曲りかどに
壁にはめこまれた消火栓があって
(そのきんいろの口金!)
公衆電話のガラスのボックスがあって
そこにだれもいない
垣根のむこうの曲りかどから
麻酔をかけられた馬が
つぎつぎにあらわれては消える
(わたしはなにひとつ目撃しない)
燃えのこりの紙の活字を目で追い
棒切れでそれらをかきあつめて
火のほうにおしやる
火を囲むべき家族は
いま　くらい室内にいる
(あそこで　蜂の羽音のように
がなりたてているもの)
わたしは戸口でたちどまる
水がおかしなかたちにひろがっていく
土のうえにそれを見とどけてから
そこに入る

静かな家

廊下はまっすぐに走っている
つきあたりの左手が階段
その手前に浴室
木の浴槽には水が張ってある
(首つっこんで　いつだって
溺死するにはじゅうぶんなだけの)
廊下はまっすぐに走っている
浴室の鏡のなかを雲がすぎる
遠くの野に食卓がひかっている
光るものはすべて野にある
こどもらの笑い声が
男の目測を狂わせる
廊下はまっすぐに走っている

つきあたりの右手が居間
ドアの把手には刺繡入りのカバーがかぶせてある
ドアをあければ
（ドアをあければ　いつだって）
くらしは倒れかかってくるのさ
倒れかかってくるものを
おもわず抱きとめるのが人間の仕事
だから　いきなり倒れかかってくる
やわらかなタンスや女を抱きとめる
という空想を男は愉しむ
廊下はまっすぐに走っている
夕暮れが草のうえにやってくる
長椅子の上で女が眠っている
うすい皮膚のすぐしたには血管
いたい草をふるわせてたたかっている
夢がすこしずつみえてくる
その女に見覚えがあると　男はおもう
廊下はまっすぐに走っている
そのむこうに野がある

野

草のうえを
鳥の影が通過する
遠くで
水がひかる
女の胸にはとがる乳房が
かくされている
どうしたの
どうもしやしないさ
だがいつだって
夢は
主観のなかで生まれ
通りがかりのこころに消える
光るかたちあるものが
野にたちあがり
野にくずおれる
だから
通りがかりのこころは

いつだっておおわらいしながら
血を抜いていくのである
だから
ねこじゃらしのなかで
じぶんの死体に
つきあたることだってあるのである
薄皮のような陽が
草のうえにくる
女の胸にはとがる乳房が
かくされている
川はうつぶしになる
甕にたたえられている光
日の底でまじわりあう
男と女
ゆびはかたちを生みだそうとする
皮膚にうかびあがる
くらい野のひろがり
風がわたる
草のうえを

鳥の影が通過する
——夢みはしない

シャツ

きのう　そのひとは
二階の窓からシャツをなげた
いま　そのひとの膝のうえに
シャツがある
そう確認して
力なく笑ってしまっていいのだろうか
皺をなだめながら
そのひとは首からハサミをいれている
くろいハサミをもつそのひとの手
ハサミのすすむたびに
胸のあたりは波うつように揺れて
下腹が
すうっとひらかれていく

左右にはねられた腕が
すこしだけ伸びる
そう確認して
力なく笑ってしまう男
どうしたの
どうもしない
意味のない笑い
意味もないことばのむこう
長椅子のうえに
男のすわったかたちが
残っている
(飲みさしの生ぬるいビールも)
そこにほうり出される
きれぎれのシャツ
瞬時に位置をかえたものが
折りかさなって
うごかずにいる

泳ぐ男

右も左もないあかるさのなかを
はしっていく
(はしっていく眼の痛みがある)
そのむこう
頭だけだして
泳いでいる男がいる
むこう岸がみえたり隠れたりする
遠くで雷鳴がしている
おれがこんなところにいるはずがない
おれがこんなところにいるはずがない
そうだろ?
「中庸って　いちばん気ちがいじみている状態だ」
だから
このあかるさも
あかるさをしんとはねかえしている水面も
(闇のなかでゆっくり腐敗していく桃)
なにもかもが怖くなって

そうだ　落下してくる猫は
しっかりうけとめてやらなければ
そいつが緑色であろうとなんだろうと
そうおもって
水のなかから腕をぬこうとした
歪みながら
しずかにいきをしている
水のなかの男にとって
おれが一個の狂気であるなら
救われるというのに
（あるいは　男の夢のなかに
うちあげられた
ふくらんだ溺死体だとしても　ね）
みたまえ
流れのなかを泳いでいる男は
まだむこう岸につかない

＊括弧内の一行は北村太郎よりの借用

循環線

夢のなかで
床を擦るような足音がちかづいてきて
いきなり　鉄の棒をもった男たちに
かこまれたことがあった
引込線のそばの
木の階段の手すりを
悲鳴はつづけざまにすべった
わかっている
夢のなかでも
夢のそとでも
だれも救ってはくれないってこと
どこにもいられないから
循環線に乗ってぐるぐる回る
窓のそとの　雲のすばやい移動
くろい鞄をかかえて眠っている男
頭頂部の地肌が透けてみえる
あんなふうに

知らないひとによりかかって
眠ることはできない
夢みるたびに
死ぬ練習をして　すこしずつ
すこしずつ馴れあっていくしかない
ひとの体臭にいきぐるしくなって
ポケットの中の紙片を
指先でたたんだりひろげたりする

床を擦るような足音がちかづいてきて
電話ボックスになげこまれる紙片
くちびるの図柄の七ケタの電話番号
口のなかでつぶやいてみる
ダイヤルを回す
だれも出ない
呼出音がふるわせている
カーテンのくらいすきまを
痴漢のようにじっとみている

引越し

ひき出しというひき出しは
ひきだされた
鏡は　ビスをはずされた
積みかさねた本がくずれた
そのあたりから
増殖ははじまっているらしい
わらい声のように捩れて
そのうちドサドサ落ちてくるさ
足元でふえつづけるものを
つめこんでいると
それでも壁はかくじつに後退する
（くらしは
すこしずつかたちに近づく）
トランジスタラジオから流れる
異なる文化圏のくらしは
異なる文化圏のくらしにすぎない
（いつか川原でみた男は

じぶんの頭ほどの石を
くろい鞄につめこんでいた)
つめこんだものをいちど出し
もういちどつめこむ
まだずっと遠くにある丘
まだずっと遠くにある丘のうえの家
(まだずっと遠くにある　死)
男が　ゆっくり丘をのぼっていく
くろい鞄をもって
男はすこしずつかたちに近づいていく
そのうしろを家族四人
さめたあとの夢のように
梱包してもついに残ってしまう
空虚な枕をだいて
一列になって
丘をのぼっていくのがみえる

(『静かな家』一九八五年七月堂刊)

詩集〈一篇の詩を書いてしまうと〉全篇

*

バニシング・ポイント

いきなり線をひかれた
死体のあった場所をチョークで囲むように
巨大な空白に線がひかれた
降りていく階段は足のさきから消えている

階段が消え
虫喰状に破れた天蓋がめくられ
こわれていくニンゲンは
こわれていくニンゲンとして
みまもっていかなければならなかった
青空は　雨を吸ったくろい地面をはらみながら
べつべつの欲望をそだて

細部まで空白をみたそうとする

ヒトが倒れながらあるいている
つかまるところのない薄明の駅から駅へ
ヒトが倒れながらあるいている
移動する青空
空白のへりをめぐるのか　それとも
消えた階段を降りつづけているのか
生きているだれかの声をききたいばっかりに
ヒトが倒れながらあるいている

怪物が不可解な曲り角にあらわれるたびに
ヒトはわれをわすれてたたかった
軋み音をたててあらゆる登場人物が消えるとき
やっと安心して
ヒトは足の部分から消える
そうやってニンゲンという機械をダミーにして
わたしでもあなたでもない
気配が　みえない階段をおりていくのだ

すでに消えてしまった出来事と
これから起る出来事とのあいだ　ここ
ここにずっといたんだね
遅れだけを生きて

階段の踊り場

——三十年目の同窓会

踊り場という、
滞留という、
そこにたてかけられた黒いこうもり傘
8ミリ映画のような埃っぽい夢のなかに
もうすぐ、
破産管財人が姿をあらわす
高いところにあった雲が
すぐそばまできている

じぶんの死体につきあたり
階段をふみはずしながら
踊り場から踊り場へ
静止した傾斜をもちこたえている
世界なんてありはしない、
解決されるものなんてどこにもありはしない
それでも、夜になれば
それだけの理由で眠らなければならなかった

猶予という、
ガランドウという、
そこに車座になって蟹をたべた
頭を割りミソをかき出し足をひきちぎった
出来事は、遅れてやってくる
破産管財人は、まだかい

高いところにあった雲が
すぐそばまできている
じぶんの狂気を録音し
踊り場にすぎていく日々を、記録する
愚行こそがわたしたちを救う
三十年前の水たまりがラジオのように光り
ばらばらにうちあげられた思い出が、
わたしたちをほんとうに思い出すために
くろぐろとした塊りとなって
すぐそばまできている

一篇の詩を書いてしまうと

一篇の詩を書いてしまうと
と、詩人が書いている
「一篇の詩を書いてしまうと世界はそこで終わる」
電池の寿命とおなじさ
で、あれが世界の死体
ゆびさされたそこには死体なんてなくて
なんにもない、だけが
あかるい矢印のようにずうっと続いているのさ

からだをおり曲げ箱にはいり
蓋を閉める
蓋を閉めればもうこっちのもの
十秒もたたぬうちに消失する肉体のように
一篇の詩を書いてしまうと
狂気も、狂気でもちこたえてきた悲惨も
むこうの窓から消える
存在そのものが、矢印なのだからね

だからいわないこっちゃない
一篇の詩を書いてしまうと
一篇の詩の死臭によって嘲笑され
またぞろ、あらたな悪意によって
生きのびるよりほかない、ざまあみろ
ありもしないグロテスクな死体を遺棄して
中途半端に角をまがり
なにものかを迂回することになるのだ

あの角をまがったところで
九十九人目の男が消える
幻でもありわたしでもあるものが消える
どこにも属さない日本語の犬は
無人の駅から駅へ移動し
移動する駅ごとに
なんにもない、がおそいかかってくるのさ
電池仕掛けの怪物のように、ね

＊括孤内は、谷川俊太郎の詩「一篇」からの借用。

黒いミルク

ソファの上に犬が寝ている
光はそこまではとどかない
きょういちにちのあらゆる細部を
記憶にとどめているとしても
かれの記憶のなかに

（夢のなかにも）
たぶん、わたしはいない

夢のなかの、ひからびた犬の死骸
そのそばで草はいたいほど生き生きとして
どこにも劇的なことはおこらない
だから、崩れさるものの
そのまばたきのような音を
何億年も
きいてやらなければならない

あさ晩、鐘を鳴らし、黒いミルクを飲んだ*

ことばは
どんな暴力もふるわずに
ソファから寝そべっているわたしをひきはがす
（少女たちの売る汚れた下着から）
（百年の孤独という名の焼酎から）
そして抽象的ニンゲンとしてもどってくる

たぶん、あれがわたしだ

過剰な夢をなぞるように
かわいた石を濡らしていく
（黒いミルク）
もうことばもとどかない夢の空地で
あれは、有刺鉄線のように
歪みながらさびていく気なのだ
黒いミルク、を飲んで、ね

*パウル・ツェラン『死のフーガ』（中村朝子訳）より

途中

カタカタ、カタ、カタ
ヘリコプターが黒いかたまりを搭載して
空を揺らしている
あさい呼吸をしている家

窓のうちがわに四角な闇がある
わたしでないものとの境界をなくしながら
黒いかたまりがなだれこむのをみている
カタ、カタ、カタ、カタ
裂けめから人影のようなものが這いでてくる

もうどんなことばも通りこして
角をまがれば
誰もいない地面がずうっとつづいている
死にかけている午後の光に
身体のなかを黒いかたまりが
すこしずつ動くのだ
それが、生きているものを動かす力だとしても
だからどうだというのだろう
四角な闇のなかで
蛇口があけっぱなしになっていて
水は、そこまできていた

空を揺らしているものを迂回し
あのあたりという場所へ
一個の狂ったものを歩かせる
(カタ、カタ、カタ、カタ)
じぶんではないものの力をひきよせ
べつべつの温度にわかれていく
道の亀裂
誰もいない、あのあたりの窓が
閉じたりひらいたりしている
カタ、カタ、カタ……

丘

丘のうえのまだら
頭上にひろがる枝々の葉の、その
おし殺した息づかいをひきずって
まだらの影が、すこしだけ動く
(もうこれ以上、ここにはいられない)
まだらの夢にあらわれる正体不明の怪物

そいつを、いますぐここにひきずりださなければ
もうこれ以上、ここには、いられない
そう呟いて服をぬぐようにじぶんをぬいで
むこうの岩と岩とのあいだの
うすい光りのなかに消えていく
（消えていく少女らのちいさな映像）
（少女らは癒されるのをどこまでも拒み）
どこまで行けば完璧に消えるのですか

草をつかんだときのいたい感触
ばらばらに墜ちてかぞえきれぬ破片として
こわれていくニンゲン
こわれていく地上の
丘はどこまで行っても丘

顔から胸へ　胸から腹、そして下肢へと
からだを撫でるように
いたい皮膚のうえを
木の影のまだらがすこしずつ移動する

（岩の窪みにたたえられたちいさな光り）
消失のための契機も
一瞬の惨劇も
ゆるやかな傾斜をすべりおち
悲鳴のようなもの、あえぎのようなもの
それらが、わたしの空洞をみたした

だれかがわたしの名を

だれかがわたしの名をよんだ
かさなりあう葉群のなかで
チェンソーの音がしている

脳は
その名を信号のように点滅させ
その名を拒む

「警報装置の紐をひっぱってください」

ことばは
未熟な死体なんだからね

有刺鉄線にひっかかった
裂けたくろいビニール袋
だれかがわたしの名をよんだ

懐中電灯のちいさな光が草の上を動いている
おし殺しただれかの嗚咽
芝生養生中という立入禁止の立札

そこへ行くことはできない
若年の記憶を捏造し紙に書き
すぐさま消しゴムで消してしまう

内も外もない明るさに
びっしりとひろがっていく空白
空白のたわむれのなかにごろごろ転がり

だれかがわたしの名をよんだ
中途半端な空白のひろがりに耐え
植物を育てるように病気を育てる

路地をぬけ用水路にそってまがる
迂回しなにものかを迂回して
ヒトであることの悲惨の迷路にとり残され

こわれたがっている狂った頭部に
プラスチックのあかるい毛が
緑いろに波うっている

夏の妹にみちびかれて

夏の妹にみちびかれて
あかるい波打際まできた
〈わたしを生きてください〉
という声がそこらあたりを徘徊する

わたしを生きてください
わたしを生きてください
無数の虫けらとして生きた
なまあたたかい血の闇は、遠い
はじまりもなく終りもなく、もはや
散漫な途中を生きるしかない

死は
波のうえにもひかる波のしたにも遍在しているというの
に

こわれたニンゲンの回路に
ひかりは溢れ
あかるい波打際はどこまで行ってもあかるい波打際
波打際とよばれる境界の、いっぽんの線上に
あらゆる自動販売機が整列し作動しつづけ
〈わたし〉は
ことばを奪われていくだろう
あらゆる悪夢も吸血鬼も干あがって
ひとつの意味として死ぬことはないだろう
死が笑ってやがる
ほらあのあたり、波のうえにもひかる波のしたにも

雨のレッスン

階段の途中で
雨のさいしょの一滴がきた
胸のたかさで這いまわる雨雲
雨だって居場所をさがす
理由なんていらない
隙間という隙間をみたす不安に
ちいさな黒い穴をうがち
雨は家のなかにふりはじめた
壁にはってある家族の写真
冷蔵庫の壁にとめた予定表が
笑い草のようにこきざみに揺れ

廊下のつきあたりでも浴室でも雨
崩れかけた本の山を濡らし
テーブルのむこうがわからこちらがわへと
入念に濡らす
雨は迂回するなんてしらない
なにかを殺すことでしか生きられなかった
からっぽの冷気が
生きている者をうごかすことだってあるのだ
だから雨に洗われ
すこしずつ剝きだしにされる部屋から部屋へと
ぜんたいが雨にみたされるまで
待っていなければならない
それから?
それからにじみだす内面の汚れをていねいになぞり
汚れと取引するように
夢にあらわれた鯨のぜんたいをなぞるのさ
イメージの毒性によって
やがて雨は床のほうからもふりはじめ
ふりはじめた順番に沈む
内面なんてどこにもありはしない
ガソリンくさい雨音に閉されて
消えていった家を
男が呆然とみている

焼却炉の幻

草ぼうぼうの空地のむこう
窓のない建物をみていたことがある
双眼鏡のなかで
倒れながらヒトはそこにちかづき
倒れながらでもけっして倒れずに
その入口のくらい穴から消えていった
たぶん手に負えない怪物
やつに組みふせられたがっているのだ
なぜはやいとこ死んでしまわないのか
ほっほっ、ほっほっ

草ぼうぼうの空地のむこう
ばかでかい焼却炉をみていたことがある
双眼鏡のレンズに映っているのは
窓のない建物だったが
がらんどうの内部で脳がすこしずつとけて
そのとき穴の外をなにかが擦過していった

焼却炉のなかで抱きあっているヒト
狂おしいくろいかたまりとなって
ここ以外もうどこにも世界なんてなくて
モラルもノン・モラルもなくて
手がかんがえていることは
繊細な機械がかんがえていることだ
擦過していく、あかるい自動販売機のつらなり
生きることが、事故のように記録されて

草ぼうぼうの空地のむこう
窓のない建物をみていたことがある
双眼鏡のレンズに映っているのは
ばかでかい焼却炉だったが
息をつめてそこにうごくものをみていた
息をつめてどんな解釈もまじえずに
倒れながらつぎつぎと投身するように
消えていくものをみていた

＊＊

川

川原の石が
ヒトのかたちに濡れていて
それが
乾いて
消えていくのを
呆然とみていたことがある

川からあがって

子どもたちは
石のうえに腹這いになりにくる
海苔巻もベニショウガもぐんぐん乾き
だからといって
最後まで
みているわけにいかないじゃないか

ねこじゃらしをなぎ倒して
自転車がころがっている
もののかたちを消していく闇が
川のそばまで来ていた
川原で
男が
じぶんの頭ほどの石を鞄につめこんでいた

鉄橋をわたっているあいだ
川だけは
ずうっとみえている

電気羊の夢

胸にかかえた紙袋が
すこしずつずり落ちていく
紙袋のなかは
ひえた肉の塊りと
名前をしらぬ植物のくらい葉っぱ
あのあたりでしたよ、と言われ
あのあたりを振りかえるが
そこに
なにもありはしない
貯水池の表面のかすかな波動
うごかないくろぐろとした木
坂が途中からせりあがってきやがる
できるだけ、表面にとどまること
ずり落ちていくものはひきあげなければならない
アンドロイド、そうかアンドロイド
アンドロイドは電気羊の夢を見るか?
一瞬、わたしを擦過していくことばは

狂ったように移動する雲と
すれちがう、永遠に
角をまがり、角をまがり
まがる角ごとに、わたしは
おおきな紙袋のなかへとずり落ちる
生きる理由も
死ぬ理由もなにひとつなく
ものを食うかなしみに、
あのあたりという町で
犬のように倒れている

窓

明けがたの街路に
あんなにも鳥があつまってくる
だれもいない
まがり角のあたりに
裂けた宇宙服のようなものが漂っていて
かんじんなものは消えている
夜のあいだに起ったこと
あれは、なんだったのだろう
窓のうちがわでは
意識不明のヒトが眠っていた
脳のなかの血がすこしずつ固まって
ゾウリムシになり
アオミドロになる
という妄想から這いでて
鉄の棒を手にした男があらわれる
黄色いゼッケンを胸と背中につけて
側溝の蓋をもちあげなにかを突っついている
すこしずつ移動していく
感情は、ついにかたちをもつことなく
どこまでも移動しずれながら
変色したモノクロ写真のように漂っていて
ぼくはといえば
だれもいない
明けがたの街路に放りだされることに

なるのさ

鳥のようなものが

電話ボックスだけが明るかった
扉のガラスにのこされている手の痕が
夢のなかでは細部まではっきりみえる
鳥のようなものが狂おしくないているが
声にはつかまるところなどなかった

おれはあそこに住んだことがある
洗濯物がひらひらしている、あの二階
そういった原田さんは
雪の日にはビートルズを聴きながら
にがいビールを飲んでるんだろうか

雪はふらなくてもビールをあけて
カレンダーの日付の上の×印をかぞえあげ
胸の高さに生い繁る草をなぎ倒しなぎ倒し
そうやって老いていくしかないのだ
叫び声もあげずに、ね

ふえていくビール瓶が
不意にむこうがわへ倒れこむ
そのあたりから闇はいっせいにはじまって
鳥のようなものが、なきはじめる
鳥のようなものが、狂おしく——

雨天決行

だれもいない、
だれもいない地面がどーんとひろがっていて
そこに雨がふっている
さびた鉄の匂いがしていた
雨天決行、と入口にあるからには
なにか、は

そこで決然とおこなわれているのだ

なにかの痕跡のように
やがて地面のあちこちに穴があらわれ
あらわれるたびに
悲鳴と温度差で区別される
みえないわたしたちの皮膚のうえを
なにかの影だけがすべっていく
あ、狂ったように移動する雲

雨のこころにならなければ
みえないものがある
みえない戦争のように、ね
妄想のつめたい指をくわえて
からっぽの観覧車で
吊りあげられていく、わたしたち
だれもいない遠い地面に、雨

深夜の電話

闇のなかで鳴りつづけている電話
酔った頭で
ベルの音をかぞえていると　ふいに
排水溝をながれていくじぶんの屍体を
想像する
蛇口からたれているほそいひも
呆然とそのひとすじの流れをみつめ
たよりない日日の
排水溝をどこまでも流れる
準備完了、準備完了という声
なんのための準備?
いったいなにがはじまるというのだろう
階段の途中にいる
子供たちの名をよぶが
どいつもこいつも笑ってばかりいる
準備完了、準備完了
まぶたのうらのいちにちの惨劇

そのまだあたたかい犬の口腔のような闇に
一列になって這っていくもの
酔いのなかで　屍体は
どこにも到達しない
酔った頭は　瞬時にいっさいを了解し
瞬時に　それらいっさいのものは
名付けることができないのだと了解する
そして　鳴りつづけている電話の
あちらがわにも
おなじように酔って帰る男がいて
深夜の蛇口から水をのみ
闇のなかで鳴りつづけるベルの音を
かぞえている

雲

夢の岸にとりのこされて
男は　おもっている
こうやって剝きだしのまま腐っていくのだ
肉体なんて
しょせん余分なものだ
だが余分なものの強みで生きることもできた
(ほら、ほら、ほら)

川っぷちには
防護シートで囲われた一画があって
そのあたりからきこえている
おし殺したあえぎのようなもの
(それをたどっていけば
じぶんの家にたどりつくことができますか)
解体されているものが
じぶんの家であるかどうか　わからない
パタパタ鳴るシートの裂けめから
みたような気がしている
つけっ放しのテレビの画面のおくへ
一列になって消えかけている家族の背中
ほら、

すき透った腹をひくひくさせて
指先から虫がはいのぼってくる
男はその虫の名前をおもいだそうと
からだじゅうの毛をそよがせ
(ほら、ほら、ほら)
雲が　狂ったように移動していくのを
音楽のように　みている

おーい、おーい

人っこひとりいない道路を
あるいていくと、突然
道路がおわっている
(で、どうしたとおもう?)
息をころしてすばやく移動する
雲や
遠くの貯水槽のうえでこきざみにふるえる

なんだかよくわからないものをみつめて
やっぱり戻ってくるしかないじゃないか
さけびだしたいのをこらえ
これからもずうっと
生きていかなくちゃならない

消えた道路は夢のなかにもあって
きのうつづけざまにみた最後の夢で
おれは消えた道路をたどって
むこうの渚まであるいていったのだ
名まえをよばれたような気がすると
胸にはすでに鋭い裂けめがあって
そこにも
道はずうっとつづいていたのさ

ガスバーナーのボッという音
息づかいだけをのこしてきれた無言電話
裂けめは
ことばでふさがなくちゃならない

完結した生
完結した死
そんなものはこんりんざい信じていないのに
（おーい、おーい、）
人っこひとりいないわたしの内面へと
息をころして
死体のようにまぎれこんでくる
こいつは、誰なのか

龍之助の幻

拙者というものは、もう疾うの昔に死んでいるのだ
——中里介山『大菩薩峠』

山がなくなっていた
甲斐と武蔵の国境
つまり峠がなくなっていた
殺してきたかぞえきれないほどのにんげん
かたわらで眠っていた女

それも消えた
幕末の、青嵐が崩れ
血のにじんだ編笠が裂けて
たぶん、そのときなのだ
机龍之助という名前が
ぼくの名前でなくなったのは

武州沢井、沢井道場剣術指南
そんなオモテの顔がなんだ
物語の完結性がなんだ
拙者という一人称が消えたあとの
まぶしい往還から、辻のくらがりへ
辻のくらがりから
癒されることのないべつのくらがりへ
けれども壊れながら
怖しい場所をなんとか通過してきた
あの男は、なんという名前なんだろう

もうだれでもない

二〇世紀の、はりつめた空虚と
ぼくの灰の肉体をぶちぬいて
ごう然と列車が通過する
机さん、龍之助さあーん

＊＊＊

黒いおおきな家

I

どこまで壊れているのか
未練がましく奇声を発し
だれが、だれにむけて
手を振りつづけているのだろう
はるかに遠い朝、そこから
空は剝がれ
いきものの息がにじんで
つぎつぎとだれかの手でどこかに運びだされる
空へ、倒れこんでいくだれかの幻

きみに黒いおおきな家、あれがみえるだろうか。ながい影をひいて、いまきみがその建物に近づいていく。そしてきみでないだれかが狂ったようにそこに倒れこんでいくのだ。そこは、教会でも倉庫でも避難所でもない。だが、その建物では「生きていることに耐える」を抹消し、「だれかに手を振りつづける」をはげしく抹消する。吊りさげられた生、吊りさげられたおびただしい青空の裂片。その下にきみは死体のように横たわり、きみでないだれかの死体が、ゴム手袋をした手で執拗にいじりまわされる。

倒れこんでいくだれかの幻から
だれかが走りでてくる
青空のきれっぱしを胸に抱いた夏の妹?
だれかが
倒れながらあるいているヒトとすれちがう
そのずれの角度に
黒いおおきな家の、揺れる映像が
一瞬だけ映しだされる

2

(きみにあれがみえるだろうか。黒いおおきな家。ながい影をひいて、いまきみがそこに近づく。そしてきみでないだれかが、狂ったようにそこに倒れこんでいくのだ……)

生き残った者のやわな全肯定
生き残った者のあいまいな微熱をたよりに
たぶんきみは、壊れない。

たぶんきみは、倒れこんだりこんりんざいしない。

壊れもせず倒れもせず
からっぽになって
その建物の入口から入り、
その建物の出口から出てくる気なのだ。

血の透けた階段の暗がり
その階段を上り、いくつもの部屋を通り抜け
通り抜けるたびに
だれかれのあいだでずれていく、世界。

(手ごわいよなあ、世界)

揺れる、くらしの暗箱。
そのなかで夏草のように暴力的にはびこっていくもの
それをじぶんの力だと錯覚して、きみは
三十年前のきみは、そこに近づこうとした。
(なにに?　あの、黒いおおきな家に?)

やわらかな鍵さえあれば――
その思いだけで、生きていけたのだ。

そこにはりつめている、空白
そこに身をひそめている、みだらな機械。
肯定も否定もなく、きみは
おびただしい世界の断片
恥知らずの蠅。
――もう誰もいないからっぽの風景のなかで
黒いおおきな家が揺れている、
揺れているのがみえる。

3

(きみにあれがみえるだろうか、黒いおおき
な家。ながい影をひいて、いまきみがそこに
近づく。そしてきみでないだれかが、狂った
ようにそこに倒れこんでいくのだ……)

いたるところに隙間があって
姿のない声があたためている
日々のどのような残滓をかきあつめて
隙間をふさごうとするのか
そこに生きて動いている、みだら
そこに生きて動いている
ニンゲンが、怖い
などと一瞬たりともかんがえてはならない
百年橋、百年橋
そうつぶやきながら
きみはなにかが切り刻まれていく音に耐えている
ことばで
隙間をふさぐことなどできやしないよ
なにかをなぞるようにして、死に
なにかをなぞるようにして、生きてしまう
だから百年橋、百年橋
きみが百年橋という音のうちにあらわれ
きみが百年橋という音とともに消える
けれどもまだ発せられない百年橋は
息をころして埃のように積っている

吉岡計量器店の、くらい分銅秤のうえの
たよりない軽さ
きみの身体は、遠い
百年橋、百年橋、そうつぶやきながら
生の傍らを通りすぎる
ニンゲンもまた壊れ去るべきものなのだよ
そのあとの隙間に
黒いおおきな家があらわれ、そこに
きみでないだれかが倒れこんでいくのだ

（たぶんそのあとに、ことばからすこし遅れて、隙間という隙間をみたすものが走りこんでくるはずだが、きみにあれがみえるだろうか……）

4

（きみにあれがみえるだろうか、黒いおおきな家。ながい影をひいて、いまきみがそこに近づく。そしてきみでないだれかが、狂ったようにそこに倒れこんでいくのだ……）

プロペラの回っている高い天井
そこらあたりに四散していくものが
じぶんの居場所をさがしている
切りきざまれたあとの
しろい死体をみつめること
それは、眼の極限だった
百年が過ぎ、あかるい死のすぐ隣りで
生き直すように息をはき
からだじゅうの反乱を吐きだして
きみは、その建物から出ていく
きみは、その建物に入っていく
（くりかえし、くりかえし通過する寒い駅）
しろい背中がむこうに消え
階段の手すりの具体的な手ざわりが消え
録音機の悲鳴が消える

あ、

黒いおおきな家がみえてきました

狂ったようにそこに倒れこんでいくだれかの手で
指紋という指紋がふきとられ
そこにニンゲンがいたという痕跡すら消して
あらゆる腐敗を遅らせようとするのだ
清潔な冷蔵庫のようにね
きみは、不完全な死体を捏造して
(むろん、捏造はことばでやるしかないが)
窪んだ低い部分、隙間という隙間に
そいつを置いていく
死後を生きるとは、そういうことだ
ひといきに壊れてしまう、なんて
そんなことはできやしない
さまよう壊れものとして
きみが、その建物から出ていく
きみが、その建物に入っていく

もうどこにだって行ける

あそこに死んだ犬を埋めた
その浅すぎる死をひきずって
もうどこにだって行ける
あそこに草のように揺れている禿頭
冷えていく老年にさからって
後退し後退していく、境界
もうどこにだって行ける

*

(裂けて空にはねあがった排水管。まだ原型をたもって
いる白い便器。歪んだアルミサッシの窓枠。そのほか、
壁材らしきもの床材らしきもの。
(二十年の暮らしの細部は、区分され積みあげられ、「私
は私の身の周囲《まわり》の材料だけで私の無限をみた」、無限を
みた、だってさ。私の無限、だってさ。そんなことは嘘
だッ。
(身のまわりにあったものは、大型トラックでどこかに

消える。爆薬も重い鉄球もつかわず、解体完了。
（空っぽ。空っぽの、二七一・〇九平方メートル。その
空っぽのなかで電話が鳴っている。

＊

電話？　ゴットハルト？
ゴットハルトでは木が移動する
木のあった場所の窪んだ水たまり
その上を壊れたニンゲンが雲のように通りすぎ
もうどこにだって行ける
わたしは、
誰もいない、寒い駅に拉致されている

＊「私は私の身の周囲の材料だけで私の無限をみた」は、中原中也。

人質

ここにいてもいいですか

ここにいてもいいですか。わたしがここから逃げなかったのは、わたしが存在しない者だったから。ここには存在しない者として、わたしは目をひらいたまま眠り、目を瞑ったままその人の感情の動きだけを読んでいました。その人がわたしを殺そうとしなかったのはたぶん殺してしまえば、もう何もすることがなくなってしまうから

ここにいてもいいですか

ここにいてもいいですか。わたしがここから動かなかったのは、わたしが壊れていたから。砕かれた鏡のように顔が失われ、そのあとから手と足がべつべつの速度で冷えていった。目印もない、わたしはもう無数の破片だった。その人のしろい脳髄に出入りする登場人物。その死後の空席にある、わたしは痛い破片だった。だから

ここにいてもいいですか

プラスチックの容器のなかの少量のうどん。部屋の空気におしつぶされ、あかるい闇に赤いランドセルがすこしずつ縮小していく。階段の下から聞えてくる音に、名前はありません。なぜなら、わたしは袋状になった毛布だったのですから。袋状の毛布のなかで見知らぬ人体を起こし、見知らぬ人体に添い寝する毛布。それがわたしだった。だから

ここにいてもいいですか

存在しないものとして生きてきた者に、どうしてこれ以上帰るところがありましょう。わたしはその人の生の人質として、数えきれない無数を生きていたのですから。空き家のようなここはどこなの、おかあさん。赤いランドセルが生えそろい、人質を完璧なものに仕上げるためなのでしょうか、死後の階段を、だれかが降りていきます。だから…………

穴

生きているニンゲンは重い
重すぎる
そういって、階段をおりられないヒトが
どこにも行けない自分をもてあましている
からだの外に出たがっているもの
だれかの浮遊する声が
よびよせる、
どこかちがう場所
そこに出ようとして
耳たぶと乳首に穴をあけ
あらゆる無垢な穴としてオレは
まだニンゲンですらない
重すぎるものが腐っていくのを
待っているなんて、遅すぎる

「蓋が止められていない段ボール箱を署に持ち帰って、重量を量り、段ボール箱の寸法を取り、内容物を分類して、段ボール箱及び内容物の状況、という調書を作成しました……骨については、上肢と下肢がなく、ほかは揃っておりました。百五十グラムくらい、分類できない黒く焼けこげたものがありました……」

うすい皮膚をもつ穴が触れるように匂ってくる
壊れたテレビから裸足のままついてくる
成長する死体、
その穴という穴に顔を埋める
埋まらない部分がうつぶせのまま顔を失う
かすかに、光が揺れ
解読できない雨滴となり
頭部となり胴体となり上肢となり下肢となり
ちっちゃな顎の骨となって、
どこか遠い所で
スコールが通りすぎるのを待っている

ひらひらと墜ちていくノコギリ
四万五千キロを走行したのはオレではありません
オレは、
くろく焼け焦げた穴ぽこです

＊括弧内は、宮崎勤裁判第三回公判の検察側証人、埼玉県警狭山署刑事Y巡査の証言から。

少女消失

もうからっぽはからっぽとして
生きのびるしかない、のなら
あなたがたの期待どおり
わたしは、わたしから消える
わたし、倖せです
という一行の擬態にもぐりこみ
端末のひかりのなかへ消える

だれにも会いたくないだれにも
ソプラノの声を殺して
声の電池を交換しなければならない
ぬいてもぬいても生えてくる肢のうぶ毛を
路線図の駅ごとに並べ
そんなふうに
生臭く成長するしかなかったのだ

他人の息づかいの消えない
透明な電話ボックスはどこ
（だれにも会いたくないだれにも）
掌の痕をガラス面にのこして
むこうがわへだれかが移動する
呼吸する闇のかたまり
闇のなかに点灯している救急病院の非常口
その緑に遠くまぎれこんでいくと
すでに
検死のあとのわたしが横たわっている
胸を裂き胸のふたつの塊りを摘出すれば

わたしは
あなたがたの狂った弟として生きるからね
わたし、あかるい死です
くろぐろとした造波装置の波に倒れこんでいく
からっぽ
もうだれにも会いたくないだれにも

機械仕掛けの猫

猫の顔を被ってみる世界は
ひらべったく歪んでいた
生きている、も
死んでいる、も関係なかった
機械仕掛けの猫なんだからね。
いちにちに一度はきみをおそう
狂気によって
じぶんをどうやって終りにすればいいか
十七歳のあたまは考えもしなかった。

にんげんの棲むことのできない場所を
猫の時間が流れ
いたい草をおしわけてそこへ行こうとする、あけがた
なまぐさい夢の浅瀬で
出くわすことになるのさ
うちあげられた猫の
完璧の屍体に。

酔って帰ると
つけっ放しのテレビの画面を
一瞬、猫が横切っていく。
ああいま、おれを通り抜けた
なにかがここで起ったのだ
悲劇でも喜劇でもない、
なにかの事後の、しんとした時間が
酔ったあたまに流れこんでくる。
冷蔵庫の扉がかすかに開いていて
闇に光の棒が落ちている。
黒いビニール袋をあたまから被って
ころげまわる猫。
酔った男のマニュアル通りの
恍惚と悲哀がみているのは
十七歳の機械仕掛けの猫がみることのなかった
はめ殺しの窓
そのむこうの闇。

はめ殺しの、窓

——1999・6　パリ

漂い
揺られつづけながら
母国語と異国語のあいだで
じぶんの心臓の鼓動になだめられている
鼓動ごとに　内部の光が生まれ
それをどのように分光させれば
怖しい場面をみずにやりすごせるのか
わたしは　なにもみなかった

わたしは　なにも聞かなかった
わたしという機能不全が
わたしを救うことだってあるのだ
もはやどんな出来事もおこらず
隣室の水道管を大量の水が流れ
画面では　倒れていく男の映像が
スローモーションで写しだされている

はめ殺しの、窓からみえているのは
ただの空
地下鉄への入口の標識
名前を知らぬただの橋
膨大な水がそこに流れているはずだが、みえない
どうしてわたしはここにいるのか
はめ殺しの、窓という形態が
もはやわたしなのではないか
地図のうえのどこからも排除されて
明るいがらんどうのなかに倒れこんでいる
狂気をなだめながら

むこうの階段に消えていく老婆の数をかぞえあげている
はめ殺しの、母国語の窓のなかで
壊れていくものが
壊れていくものとしてさらされている

百年

――2000・3　プラハ

そして百年がたって
あなたの傷のありかを、ああそうかと
遅れて認知することになるのか。
空気に無数の裂けめがあって
そこににんげんの裸の列が吸いこまれていく
クラクフ、アウシュヴィッツ、ヴィルケナウ
一輪車の少女がぐるぐるまわっていた、その場所。

カメラが通過してきた
（プラハ、テレジン）

カメラが通過してきた
(ベルリン、ザクセンハウゼン)
カメラが通過してきた
(ミュンヘン、ダッハウ)

資料館の陳列ケースのなかの焦げのこりの
靴やスプーンやアンパンの皮のような鞄
その遅延しつづける痛みのなかで
焦げのこりのたんぱく質がにおう
百フィートにおよぶフィルムの傷のうえを
あなたは倒れながら
でも倒れずに、歩いていかなければならない
焦げのこったたんぱく質として。

白い便器が遠くまでならんでいる水びたしの床
もう壊れながら、あなたがころげまわり
あなたでないヒトがころげまわり
この町の空白部はいつ
冷気と、地上的な疲労でみたされるのか

低温収蔵庫の映像フィルムのように
百年が
ひとつの風景と化していくまで
(ざまあみろ)
あなたは生きつづけるはめになるのさ。

2010年の記念写真

倒れながら、けれども倒れずに
歩いていく男
この写真の男たちはだれなの?
はげしい光のために影が失なわれているのか
それともかわいた石を
雨滴がくろく濡らしていくように
闇のちからがはたらいているのか
たぶんどこまでいっても不明

にんげんってやつは、

時間よりもずっと遅れてやってくるからね
背後にある窓のない窓枠だけの建物
そのとなりの倉庫のような建物の開口部のくらがり
赤いポストが左端に半分みえている

どうしたの?
左から二番目の男は、これはあなただわ
とすると、三番目の男も四番目の男も
写真の男たちはすべてオレなのか

一列にならんだ男のあいだを
走りぬけたものがなんだったか
それを思いだすのはオレではない
それを思いだすのは、
写真からやってくる記憶であり
記憶の細部をつないでいく物語ってやつさ

遅れてやってくる者にできるのは
わけのわからないことを強いてくる

世界にむかって、
さけびだしたいのをこらえて
つまり倒れながらけれども倒れずに
にいっ、とわらってやること
それを抒情とはだれにも言わせない

(『一篇の詩を書いてしまうと』二〇〇一年思潮社刊)

詩論・エッセイ

隠蔽された「神」

――中原中也の故郷と信仰

中原中也が「詩壇への抱負」という文章を都新聞（昭和十一年十二月二十二日）に書いたとき、友人たちに笑われたという。大岡昇平がそう証言している。よい詩を書くためには「どうしても宗教に入るといふことが必要である」、中也はそう書いた。詩の方法を語るのに「宗教」を持ち出してくるあたりが笑いを誘いだしたにちがいない。その一文につづけて「宗教に入つて、尠くも朝と夕方に、帰依する気持があれば、謙譲は持続しやすく、さうであれば、詩的恍惚もミツチリと感じられ、漸次に味の深いものが、生れるやうになる筈だと思つた」とある。「宗教に入る」ということが、入信や受洗といった直接的なレベルに限定され、矮小化されて受けとられたのだ。

だが、中也が詩の方法を語るのに「宗教」をもちだした真意はどこにあったのか。一神教的な宗教にも神学にも偏らない「宗教」。それは、無意識という法悦的境地の「詩的恍惚」から生まれる「うた」への希求ではなかったか。

「宗教に入る」が、ある場合には「信仰」という語で語られている。「詩壇への抱負」という文章が発表される一年前の日記（昭和十年十一月二十一日）に、次のような記述がみえる。

「天才にあつて能才にないものは信仰であらう。／信仰といふものは、恐らく根本的には『永遠』の想見可能能力であらう。／能才の著述とは、おつとめであり、／天才のそれは必至のことである」。

「宗教」あるいは「信仰」というものが、どういう位相でいわれているかがここに示されていよう。「信仰」は、わたしたちの「『永遠』の想見可能能力」のなかにある。そして、「天才」だけが「永遠」のなかに必然として「神」をみてしまう。

さらに、中也のいう「宗教」や「信仰」といった語の位相は、初期の評論「地上組織」（大正十四年）で用いられた「神」という一語に重なっていく。大正十四年、長谷川泰子とともに京都から上京した年、十八歳の中也はこう書いている。

「私は全ての有機体の上に、無数に溢れる無機的現象を見る。それは私に、如何しても神を信ぜしめなくては置かない所以のものである。／人間にとつての偶然も神にとつては必然。運命は即ち、その必然の中に握られてあり、吾等の意志の能力は即ちその必然より人間にとつての偶然を取除いた余の、所謂必然、その範囲に於て可能である」。

そして、もののうちに有機的要素だけをみるのは「俗人」であり、「天才」だけが無機的要素をみることができる、という。この「地上組織」の書き出しの部分をはじめて読んだとき、わたしは唐突にヴァレリイのことばを思いだした。人が神になることは不可能だが、「神になろうとすることによって、かろうじて人間になることができる」。現実の生活圏に居場所のない者が、詩人として生きようとしたとき、生きる意味を「神」の存在に求めようとしたのか。たとえ「天才」を仮装しても、「神」になろうとすることによって、生活圏の「俗人」どものみることのできぬ「無機的」なものをみることへの意志。それは、生活圏から芸術圏への転身を意味していた。したがって「地上組織」とは、詩人として生きようと意志した、中也の自己組織論なのだ。

「地上組織」という一文のタイトルは、はじめ「宇宙組織」と題されていた。このタイトル変更は、詩人中原中也の「信仰」の側面を知る手がかりとなる。「神との上下関係を示すために」、「宇宙組織」が「地上組織」に改められた（大岡昇平）という。天上にいる「神」と地上にいる「人間」。中也が「空の詩人」とよばれるとき、たんに「空」をうたったという素材の次元にとどまらない意味が、そこには潜んでいた。天と地。この構図は、中也の多くの詩作品の図柄としてあらわれている。詩集『山羊の歌』から三つの詩作品を部分引用としてあげてみる。それらの詩で決定的なことは、「神」という一語がどこにもあらわれないことである。「神」は、隠蔽されているのだ。

ゆふがた、空の下で、身一点に感じられれば、万事に
　於て文句はないのだ。
（「いのちの声」終連）

ここでは、「空の下で」という条件節が詩行のポイントである。「空の下で」なければ、つまり天上の「神」とのかかわりを抜きにしては、すべてが「身一点に感じられ」るような恩寵も至福の状態もおとずれようがないからである。

死の時には私が仰向かんことを！
この小さな顎《あご》が、小さい上にも小さくならんことを！
それよ、私は私が感じ得なかつたことのために、
罰されて、死は来たるものと思ふゆゑ。
あゝ、その時私の仰向かんことを！
せめてその時、私も、すべてを感ずる者であらんことを！

（「羊の歌」I、祈り）

この「祈り」と題されたIには友人だった「安原喜弘に」という献辞が付けられていて、書かれた時期も安原（『中原中也の手紙』）によって、昭和六年二月から三月頃だとされている。この一篇によって、さきに引いた「詩壇への抱負」のなかの「帰依」や「謙譲」ということばの背後にあったものがみえるような気がする。「死の時には私が仰向かんことを！」という「祈り」は、「神」への帰依であり、二行目の「この小さな顎が、小さい上にも小さくならんことを！」という「小ささ」への希求は、神の存在を意識するところに生まれる「謙譲」といってもいいだろう。だが、詩行はそのあと、処罰と死の観念へと移行していく。「死」が、「私が感じ得なかつたこと」の「罰」としてやってくる。「空の下で、身一点に感じられれば、万事に於て文句はない」のだが、「私が感じ得なかつた」としたら、死がおとずれる。そこに救いはない。だが「死の時」には「私も、すべてを感ずる者であ」ることができる、という。死と引き換えに、おとずれる詩人の至福。「仰向く」という語が、天上の「神」と地上の「詩人」という構図を引っぱり出してくるのだ。

雲母の口して歌つたよ、
背《うし》ろに倒れ、歌つたよ、

心は涸れて皺枯れて、
巌《いはほ》の上の、綱渡り。

知れざる炎、空にゆき！

（「悲しき朝」二、三連）

「すべてを感ずる」ことのかなわぬ「地上」で、うたを歌おうとすれば、うたは、もろく壊れやすい「雲母の口」で歌わざるを得ない。「背ろに倒れ」歌わざるを得ないのだ。うたを歌うこと、詩を書くことは、つねに「巌の上の、綱渡り」である。この危機的状況に「天上」がよびだされる。中也の内なる「知れざる炎」が、空にむかって上昇していくのだ。この詩は『山羊の歌』の同じ「初期詩篇」に収められている詩「臨終」の変奏のように読めるのだが、その最後の「しかはあれ　この魂はいかにとなるか？／うすらぎて　空となるか？」の部分が、「知れざる炎、空にゆき！」という一行に対応している。「地上」で、内なる思いをただ問いのかたちで解き放つことしかできなかったものが、ここでは、「空」へむかう幻として定着されている。

評論や日記や手紙など散文に頻出する「神」や「信仰」が、詩作品においてなぜ隠蔽されたのか。むろん詩の中に「神」という語がまったく出てこないわけではない。たとえば詩「寒い夜の自我像」の草稿段階にあった二と三のパート（「神よ私をお憐み下さい！」）が、詩集収録にあたっては削除されている。削除されたパートが生活圏の意味に堕してしまっていて、「わが魂の願ふこと」を裏切る結果になったからであろう。

「神」ということばで言ってしまえば、「すべてを感ずる」ことがまたぎこされてしまうのだ。「芸術論覚え書」の冒頭の一節を思い起こしたい。「『これが手だ』と、『手』という名辞を口にする前に感じてゐる手、その手が深く感じられてゐればよい」。「神」ということばを口にする前に感じていることを、では、中也はどう表現しようとしたのか。

詩「言葉なき歌」（昭和十一年十二月）では、天上の「神」と地上の「人間」の関係が、「あれ」と「おれ」の対応で表現される。この詩は、最初の評論「地上組織」から十年後の、中也の自己組織（論）のこころみだった。

あれはとほいい処にあるのだけれど
おれは此処《ここ》で待つてゐなくてはならない
此処は空気もかすかで蒼く
葱《ねぎ》の根のやうに仄《ほの》かに淡《あは》い

決して急いではならない
此処で十分待つてゐなければならない
処女《むすめ》の眼のやうに遙かを見遣《みや》つてはならない
たしかに此処で待つてゐればよい

それにしてもあれはとほいい彼方《かなた》で夕陽にけぶつてゐ
た
号笛《フイトル》の音《ね》のやうに太くて繊弱だつた
けれどもその方に駆け出してはならない
たしかに此処で待つてゐなければならない

さうすればそのうち喘《あへ》ぎも平静に復し
たしかにあすこまでゆけるに違ひない
しかしあれは煙突の煙のやうに
とほくとほく　いつまでも茜《あかね》の空にたなびいてゐた

（「言葉なき歌」全行）

佐々木幹郎氏（『中原中也』）は前年の日記や長男文也の死の一カ月前に書かれたという事実をふまえて、「中原が所有しつつあった『死』を、詩作品の上でみごとに展開してみせた」とし、「『あれ』を自らの『死』と読み、『此処で待つて』いる『おれ』との対比関係の中で、現在の自分の非在感を歌いあげる」と述べている。論証の説得力は完璧である。そしてもう少し後でこうも書いている。「『あれ』の正体を明かさないこと。正体を明かしてしまえば、『あれ』の息の根が止まってしまう」と。佐々木氏が読みとった「あれ」＝「自らの死」、という論証の根拠となった事実（前年の日記と一カ月後の文也の死）を抹消すれば、「あれ」を「神」と読みとることも可能であろう。「あれはとほいい処にある」というが、この詩の語り手の視線は、遠く「天上」に向けられている。「あれ」は「彼方で夕陽にけぶつてゐた」「あれは煙突の煙のやうに」「茜の空にたなびいてゐた」のだから。
中也は、大正十二年春、山口中学落第、京都立命館中学へ転校。「生れて始めて両親を離れ、飛び立つ思ひ」（「詩的履歴書」）だったという。だが、十六歳以後の中也には、現実に自分の居場所などなかった。少年期の彼を圧殺するようにはたらいた家庭や風土から、「飛び立つ思ひ」で脱落してはみたが、現実の場の「此処は空気もかすかで」、その希薄感や空無の感情を、天上の幻として昇華させていくこと。そこにしか中也の生きる場所はなかった。「決して急いではならない」「その方に駆け出してはならない」といった詩句に滲みだしている抑制の思い、「謙譲」のごときものは、「神」の存在を意識するところから来ているのだといわなければならない。

十六歳に至るまでに「私は全生活をした」と、中也は日記（昭和二年四月四日）に書きつけている。十六歳、山口から京都へ出郷した年である。「人みなを殺してみたき我が心その心我に神を示せり」という短歌を防長新聞に投稿した十五歳、おそらく故郷は、中也にとって心の抗争の場所としてあった。出郷時の「飛び立つ思ひ」がそれを証明していよう。

私は希望を唇に噛みつぶして
私はギロギロする目で諦めてゐた……
噫《ああ》、生きてゐた、私は生きてゐた！　（「少年時」終連）

これが「全生活」か。ただ、「少年時」の引用の三行には、故郷の生活における中也の精神の「抗争」がみてとれる。一方では「希望を唇に噛みつぶして／……諦めてゐた」のだが、他方では「私はギロギロする目で」すべてをみていた。それが「私は生きてゐた！」という最終行になだれこんでいくのである。

渋つた仄暗《ほのぐら》い池の面《おもて》で、
寄り合つた蓮の葉が揺れる。
蓮の葉は、図太いので
こそこそとしか音をたてない。

音をたてると私の心が揺れる、
目が薄明るい地平線を逐《お》ふ……
黒々と山がのぞきかかるばつかりだ
――失はれたものはかへつて来ない。

なにが悲しいつたつてこれほど悲しいことはない
草の根の匂ひが静かに鼻にくる、
畑の土が石といつしよに私を見てゐる。

――竟《つひ》に私は耕やさうとは思はない！
ぢいつと茫然《ぼんやり》黄昏《たそがれ》の中に立つて、
なんだか父親の映像が気になりだすと一歩二歩歩みだ
すばかりです
（「黄昏」全行）

詩「朝の歌」を中心に「帰郷」やこの詩にふれた佐藤泰正氏の鋭い指摘（「『朝の歌』をめぐって」昭和三十八年）がある。佐藤氏はキリスト者として、中也の詩を「対神的発想」から読みとっていくのだが、佐藤氏が着目したのは「畑の土が石といつしよに私を見てゐる」という詩行である。「私」が畑の土を見るのではない。故郷の「畑の土」が、ついに耕さざる中原家の長子の「私」をみている、というのである。「私」をみている眼を、佐藤氏は「土の眼」と称《よ》んでいるが、それを援用すれば、二連目で「私」をのぞきかかる「山」もまた、「故郷の眼」であろう。

中也の「人みなを殺してみたき我が心……」という悪の自覚が、かれに「神」を示したとするなら、故郷や家族の期待を裏切る「悪い」生き方を強いられるように選んでしまった者にも、「神」の糾問の眼はそそがれていたのだ。黄昏の中にぼんやりと立って「なんだか父親の映像が気になりだすと一歩二歩歩みだす」のは、そこに「罪」の意識が稼動するからである。つまり、「故郷の眼」はそのなかに「神」を潜ませていたのである。

その「故郷の眼」が、詩行から結果として隠蔽されることになったのが、「帰郷」という詩である。

柱も庭も乾いてゐる
今日も好い天気だ

縁の下では蜘蛛《くも》の巣が
心細さうに揺れてゐる

山では枯木も息を吐く
あゝ今日は好い天気だ
　路傍《ばた》の草影が
あどけない愁《かなし》みをする

これが私の故里《ふるさと》だ
さやかに風も吹いてゐる
　心置なく泣かれよと
　年増婦《としま》の低い声もする

あゝ　おまへはなにをして来たのだと……
吹き来る風が私に云ふ

この詩の初出は「スルヤ」第四輯（昭和五年五月）、詩集『山羊の歌』の印刷完了後の昭和八年七月、「四季」第二冊に掲載された時には四連の二行が次のような四行の詩句になっている。「庁舎がなんだか素々《しらじら》として見える、／それから何もかもがゆつくり私に見入る。／あゝ何をして来たのだと／吹き来る風が私に言ふ……」。この異稿の二行目をふまえて、さきにあげた佐藤泰正氏は「故郷とは自身がゆっくり見入る何かではなく『私に見入る』何かなのだ」と指摘する。

故郷に帰ってきた者が、故郷の風物を懐旧の思いでながめるのではない。故郷が、かれに「見入る」のだ。「日記」でいう、十六歳までのかれの「全生活」から、幼少年時のかれ自身から、中也はみられている。「何もかもがゆつくり私に見入る」のである。

近代文学の歴史のなかで、「故郷」はしばしば二律背反の意識でとらえられてきた。明治二十三年刊行の宮崎湖処子の『帰省』は、立身出世を夢みて故郷を棄てた青年が、故郷に「理想郷」を見いだすという筋立てである。近代が、故郷の土着的なものを遺棄することによって成立していったことからすれば、故郷を理想郷とみるのは、当時の立身主義のコースからの意識的な脱落といわなければならない。『帰省』は、明治以降の「望郷詩」の範型となっていったのだが、その死によりついに実現しなかった中也の帰郷は、理想郷とは無縁であったはずだ。

　詩「帰郷」において、第三連まで各連は、前の二行と四字分落した後の二行によって、「故郷」が背反する意識で表現されている。いい天気でさやかに風も吹いている故里と、不安やかなしみに揺れる故郷の風物と。だが最後の連にくると、「さやかに」吹いていた風が「私」を責めたてる。「おまへはなにをして来たのだと」。この最後の連の二行のポイントは、おそらく「おまへは」という四字にかけられている。内海誓一郎は「帰郷」に曲をつけるとき、「庁舎がなんだか素々《しらじら》として見える、／それから何もかもがゆつくり私に見入る」という二行の削除を中也に申し出た。中也は削除の申し出をどのような思いで受け入れたのだろうか。

　削除された二行がもっていた意味の重さを変更することなく、二行は異稿にはなかった「おまへ」という一語に転移させられたのではないか。つまり、なじんでいたはずの庁舎が、帰郷者にはなじみのない建物にみえるという一行目。そして、あたかも帰郷者を点検し、審判するかのように見入る「故郷の眼」。それらは、「おまへは」という四文字が荷なうことになったのだ。そして「おまへは」なにをしてきたのだ、という糺問の強いひびきが、ここでは効果をあげている、と思う。出郷以後の中也の現在は、つねにそのような「故郷の眼」に見入られ、見入られているという意識で、十六歳までの「全生活」を、「父親」を、つまり「地上」にある故郷のすべてをみていたのである。

「芸術圏」と「生活圏」という中也の分類にしたがえば、前者の「天上」の神とは別のもうひとりの「神」が、「故郷」にもいたのだ。

（「中原中也研究」八号、二〇〇三年八月）

植物図鑑

　ひさしぶりに書棚から植物図鑑をとり出してみる。表紙の茶の皮革が、焼きすぎたアンパンの皮のように、はしからぽろぽろ剝がれおちる。タテ十七センチ、ヨコ九センチ、厚さ三センチ。携帯用図鑑の背の部分はすでにはずれてしまい、セロテープで補修が施してあるといったシロモノ。印度哲学を大学で講じていた岳父が生前、愛用していたものだが、これをどのように利用していたかは知る由もない。自序、本文、索引すべて旧カナ・旧字体の表記であり、著者松島種美氏の自序に「皇紀二五九三年孟夏」とあることから、刊行は昭和八年ということになる。

　この植物図鑑は、詩に本腰を入れはじめたばかりのかけ出しの詩人にとってことばの新鮮な宝庫だった。皮肉にも、本文の文体の古風さ、そのためにしばしば意味不明となる記述が好都合であった。図鑑本来の目的から逸脱して、私は、任意のページを拾いよみし、字づらをながめ、珍種の蝶をおっかける採集家のように、活字の上でことば集めをやっていたのだから。

　エノコログサ、イヌビエ、スベリヒユ、コマツナギ……。それぞれの項目の半分ずつを占めるペン描きの絵とこまかい活字の本文。だが、それらに目を通すのはいわば義理の作業であって、言語感覚を刺激してくる奇妙な草の名前だけが、関心の対象だった。「やぶたびらこ　こおにたびらこ　おにたびらこ」と、植物の名の呪文のごときつらなりを、詩の一行として書いたことを思い出す。それにしても、タビラコとは、そもそも何という科の、どのような植物なのだろう。かんじんの実体に関しては、記憶からすっぽり脱落してしまっている。いま、図鑑でみると「田平子。一名かはらけな」紫草科の草、とある。なあんだ、たかがありふれた草にすぎぬではないか。だが、「やぶたびらこ　こおにたびらこ　おにたびらこ」は、青白き言語収集狂にしてみれば、語のひびきとそのリズムの魔ゆえに輝かしい音楽だった。

　一事が万事、植物図鑑は、想像力のかっこうの広場を意味していたのである。

しばらくして、詩の書けない時期があった。ことばを発することがどうしても空しく思えてならない。そんなとき、物理学者朝永振一郎氏の随筆で、庭にやってくる鳥の観察記を読んだ。庭に作ったえさ台にやってくるさまざまな鳥たち。ヒヨドリ、ムクドリ、オナガ、かれらは台の上のえさをついばみ、そのあとにふんを残して去る。ふんの中には、別の場所でついばんだ植物の種子がまじっている。このあたりまでは誰にでも観察できるが、驚くのはそのあとである。朝永氏はそのふんを集めておき、春になって鉢にまくのである。やがてそれらは芽を出す。そうやって確認できた植物の名は、といって氏は、淡々と植物の名を記述している。「ツタ。アオキ。ネズミモチ。イヌツゲ。ビナンカヅラ。ナツメ。オモト。シュロ。」

私は、朝永氏がこれらの名にたどりつくまでの時間を想ってみた。つまり、経験というもののかたちを。それに比べて私が、植物図鑑を使ってやっていたことば集めとは何だったのか。


庭のせまい畑に雑草がはびこっている。雑草にも、名はある。地面にはうように生えているこの草の名はなんと言うのだろう。茎も葉も多肉質で、指先でつまむとパチッと音を立てて折れた。私は部屋にもどり、書棚から例の図鑑をとり出す。「野外」「園地」の項目、これだ！「スベリヒユ——庭園亦ハ畑地ニ自生スル一年生雑草ナリ。……茎ハ通常地ニ臥シテ分枝シ往々紅色ヲ帯ブルモノアリ。」

すべりひゆ。比喩でなく、まぎれもなくこの草の名である。いつだれがこの草にすべりひゆという名を与えたのか。私はその名を知らなかったが、土にしがみついていたその名を知りたいと思い、そして知り得た。だがしかし、といまの私は考える。知ることはあくまで知ることにすぎないのだ。すでに名づけられたものを知識として知りえてもそれはそれだけのこと。ものに名を与える。その行為を詩とよぶなら、この草にすべりひゆという名を与えた男こそ、詩人とよばれるべきだろう。そのことに気付くまで、あの植物図鑑のことば集めから、二十年たっていた。

（朝日新聞西部版夕刊、一九八三年九月三日）

視点　1988

ヒロイン

小説を読んで、魅力的なヒロインと出会うという経験は、そうザラにあるものではない。その、ザラにない経験の一つ、岩森道子の第十八回九州芸術祭文学賞受賞作「雪迎え」（「文學界」四月号）の、廃村でひとり暮らしの「老婆」が、それだった。

なによりも、この人物は、近代小説以来わが国の小説につきものの「内面」をもっていない。ほんとうの自分などという賢しらな精神の密室もなければ、生の倫理もない。廃村の、山そのものが「命の大きな器」のごときもののなかで、こぼれ落ちる椎の実やぬけがらとなった蟬とおなじ、ただ、いとおしい「生きもの」としてだけ描かれている。

だから、老婆はもちろんのこと、老婆の世界に入っていく家政婦や若い警官にも名前があたえられていないのである。

内面の桎梏と外的ないっさいの現実条件からときはなたれたときに、はじめてみえてくる「生」の風景。わがヒロイン、おばあさんはその風景の子供だった。

死んでいく者は、じぶんのからだの容量だけ、山に土をかえし、土まんじゅうになる、という。

「雪迎え」を読んだ翌日、私は濠のそばにある高層建物の病院にひとを見舞った。細いゴムの管をさしこまれ、なにやら複雑な医療機器に見張られてあえいでいた「あれ」は、そうすると、何なのだろうね。おばあさん。

（４・６）

春風

春風に尾をひろげたる孔雀かな

蕪村の句である。この句の眼目は、孔雀が豪華絢爛たる羽をいっぱいにひろげたさまと春風のとり合わせにあると思われるが、問題は、初五の「春風」のよみである。

この句を高校の教科書に採るとするならば、賢明なる編集者は、ふりがなを施したりはすまい。ハルカゼとよむか、シュンプウとよむか。活字印刷の、いわば紙の上のシミのつらなりにすぎぬ文字。それを「ことば」としてたちあがらせる作業が、とりもなおさず読むことなのだから。

ところが、現在の教科書の脚注の多さは、これも、情報と解説の時代の親切さなのか。たとえば、古文の教科書に徒然草の「悲田院の堯蓮上人」の段がある。上人の所に東国の人がやって来て、都の人の悪口をいう。すると上人は「それはさこそおぼすらめども、おのれは都に久しく住みてなれて見はべるに、人の心劣れりとは思ひはべらず」と弁護する。

この「それは」に「あなたは」と注がつけられているのだ。この場合、逆接「ども」に気づくことから、「それ」が「おのれ」と対置していること、したがって「おぼす」と「思ひ」が使い分けられていること。そのような発見へと誘いこんでいかなければ、読むことのスリリングな愉しみはなくなってしまう。

さて、蕪村の「春風」。おせっかいを承知でいえば、シュンプウとよむ。漢語音読しなければ、羽をひろげた孔雀に申し訳ない。

（4・13）

一泊二日

かつて、映画は、時代の流行歌であり、映画を語ることが世代を語ることであった。

学生の頃、ひと回り上の世代の人が、デ・シーカの「自転車泥棒」やルネ・クレマンの「鉄路の闘い」の細部を熱をこめて語るのをきいても、こちらは、いつか名画座にくるかもしれない「過去」を、奇蹟を待つ思いで待っているしかなかった。

「一泊二日五〇〇円」で、古い映画をビデオで観ることのできる今は、五十年前の過去が一年前の時間と相対化してしまった。五十年前の映画を、あたかも冷凍食品を電子レンジにいれるように、ビデオデッキにセットすればいい。映画は、世代的な時代感情という地模様を抜きにして、個人的なたのしみ、「私事」へと変わりつつあるのだ。

一泊二日、という表現は、この場合、暗示的である。映画を観に出かけるのではなく、映画が、一泊二日でわが家を訪問する。そこには、上映を告げるブザーの音も、わくわくする暗闇もないが、ナマの体験とは別種の、書物を読むたのしみにちかいものがある。

「ブレードランナー」のノーカット版はいつ入るんですか。街のレンタルビデオ屋のカウンターで若者がきいていた。リドリー・スコットなんて監督名を言ったりしていたから、あの若者、小説の初稿を読むように、映画を読むつもりなのだ。こういう映画のたのしみ方なら、映画館より自分の部屋がいいにきまっている。

（4・20）

物語と現実

新聞の事件報道の記事のあとに、二、三の人のコメントが付いている場合がある。おそらく担当記者が、電話で取材したコメントだろうが、あれは何なのだろう。

何なのだろう、というのは読者である私の自問なのだが、コメントをくっつけるという記事構成を考えだした人も、なるほどなあ、と感心してそれを読んでいる読者も、ひょっとすると、相当な「物語」愛好者なのではないかと思う。

武器など買い取ってほしいと脅迫した「三和銀行事件」。まず一面で事件の大要を読み、さらにくわしく別の紙面で、その展開のドキュメントやら、青酸カリ、亜ひ酸、ピクリン酸の化学的なレクチャーに眼を通す。そして、仕上げには、作家や心理学あるいは犯罪社会学の専門家の語った犯罪の背景や犯人像に関するコメントがやってくる。

読者が、そこでひそかに求めているのは、遠近法をもったひとつの「物語」なのではないだろうか。まだナゾにつつまれている、落ち着きのわるい現実というやつ。それを、なんとか目鼻だちのたしかなものとして了解したいという欲求。コメントの背景に、そのようなものがあるとするなら、しかし、これは危険な欲求かもしれない。なぜなら、現実というやつは、そうやすやすと、「物語」の手に落ちてはくれないものだから。学者の分析や作家の想像力など、しばしば置き去りにしていくのが、現実なのだから。

（4・27）

動く標的

雑誌「新潮」の創刊千号記念号に、「近代文学、この一篇」というアンケートが載っている。明治のはじめから、ついこのあいだ発表された作品まで含めて、そこから一篇に的をしぼる。そんなことは、とてもじゃない、不可能だと呆然とした思いがさきにたつが、じつは、この種のアンケートのおもしろさは、その不可能を可能にしてみせるところにあるらしい。

ロス・マクドナルド風にいえば、一篇は、「動く標的」なのだ。数十年前に書かれた作品も、ほんの一年前に書かれた作品も、時とともに微妙に変質する。一篇は、遠ざかっていくようにみえながら、そのじつ、こちらがわに接近してくる。

「この一篇」が、しばしば「わが一篇」という偏愛を語るしかないのも当然なのかもしれない。

偏愛のかっこうの例は、平出隆氏推薦の山口哲夫「妖雪譜」であろうか。漱石や鷗外が挙げられるのは予想がつく。詩ならば、朔太郎や賢治あたりだろう。そのような予想される衆目の認める「一篇」の総体にたいして、平出氏は、戦後の詩の、それも一九七六年刊行の一冊の詩集に固執してみせた。ちなみに、この詩集の発行者は、「平出隆」なのである。だから、この偏愛は、近代文学あるいはもうすこし限って、戦後の詩の総体に対する挑発すら意味していたのだった。

（5・11）

締め切り

「締め切りがなければ、この数年、オレはおそらく一篇の作品も書いてないナ。若い頃は、締め切りもないのに、あんなに書けたのに」。

　これは、詩友H氏のいささかシニカルな述懐。なあに、「締め切り詩人」などと自嘲する必要など、これっぽっちもないのだ。私たちが常識的に考える以上に、締め切りという時限装置は、いわば必死の居直りとして、作者を表現のレベルへとおしあげてくれるものなのである。

　締め切りという名の時限装置。あるいは、売れっ子作家が出版社に強要されるカンヅメという名の装置。このような「装置」にたよらなければ、作品が書けない、というのは、むろん、常識的には、書くことそれじたいの危機的状況をしめすものだといわなければならない。だが、ものを書くということは、ある種の断念とともに、書くための「装置」がなければ、おそらく一行だってはじまりはしない。これもまた、一方の真実である。

　谷川俊太郎氏の名作「鳥羽」という連作詩篇は、一連が三行または四行で、四連で一篇という形式上の装置があらわである。だが、そこに、原稿の締め切りという、もうひとつの時限装置が作動しなかったら、あの詩のはじまりはなかったのだ、と思う。「何ひとつ書く事はない／私の肉体は陽にさらされている／私の妻は美しい／私の子供たちは健康だ」この最初の一行は、「締め切り」が生んだ衝撃的なフレーズでなくて、なんであろう。


（5・18）

六五〇万人

六百五十万人。

　これは、一九七八年以降、十年間の交通事故による死傷者の総数である。この数字に切実なリアリティが感じられないのは、この膨大な数字がたぶん、わたしたちの想像力をはるかに超えているからである。

　ところが、正確にいえば、六、五二八、一六一というこの数字が、わが国の第一次及び第二次世界大戦における死傷者総数に匹敵するという記事にぶつかった。鉄鋼関係の企業、三和テッキから出ている「三和新聞」（五月十日号）のコラムにおいてである。

　まさか、と思い、資料にあたってみると、ブリタニカ世界百科事典にも平凡社の世界百科事典にもちゃんと出ている。いわく、第一次世界大戦における動員兵力と人的損害、第二次世界大戦における人的被害。なるほど、それによれば、総数六、四六五、一六七となる。

統計的数字の、この偶然の符合。

ここから、すぐさま、現代のクルマ社会に対する告発をひきだしてくることはできる。だが、その前に、告発されなければならないのは、わたしたちの感受性の方なのではないか。

「百人の死は悲劇だが、百万人の死は統計にすぎない」アイヒマンはイスラエルでこう語ったという。統計の中に「人間」はいない。なぜなら、六百五十万という数字を、わたしたちは、たんに統計の「情報」としてだけ受けとってしまうからだ。こういう感受性は、おそろしい。

（5・25）

詩人の死

匿名の電話がかかってきた。

「あんなふうに書かれては、亡くなった詩人にも遺族の方にも失礼ではありませんか。ガンと闘いながら、あんなに真剣に生きようとなさっていたのに――」

ほんの一週間前、わたしが某紙の文化欄に書いた文章に対する抗議の電話である。彼女の抗議の眼目は、自らがガンであると知りながら「壮絶」に生き、そして死んだ詩人の最後に関して、それを「過剰なもの」と書いたことにあるらしかった。

詩人は、少年時を中国武漢で送り、難民収容所で母と妹を失い、孤児として引き揚げてきて、今度は、ガンによる予定された死という想像を絶するような生涯を送った。そして死の数カ月前に、既刊詩集から選んだ詩集を出し、テレビ局のドキュメンタリー番組の被写体となり、医者とテレビカメラ同道で、母の墓標さがしの武漢訪問。

わたしは、そこに詩人がみずからの詩をふりすてていくある「過剰なもの」を認めた。過剰なものとは、みずからの手で「詩人伝説」という物語を書こうとした、そのことだった。

詩というものが、にんげんの生きかたと切り離せないものであるかぎり、詩が、なにほどか、人生の物語を語ってしまうことはあろう。だが、詩それじたいと、そのひとの生きかたは別な次元のものなのだ。電話口でしどろもどろに、そんなことを答えた。ひょっとすると、わたしは、かれの死に方に嫉妬していたのかも知れない。

（6・8）

健康中毒

アスレチック・クラブに奇妙な機械がある。カフカの短篇小説に出てくる、じわじわと死に至らせる機械とまではいかないが、あれを発明考案したひとは、おそらく病的なまでの「健康」幻想の持ち主であることはまちがいない。

やや斜めに傾いたプレートを背に立つ。足首を足輪で締めあげると、準備完了。どこやらを操作すると、うしろ向きにゆっくりと倒れ、百八十度を越したあたりで背中からプレートが離れる。まっさかさまに吊りさげられているのは、人間のからだではなく、自己目的化された肉塊、抽象化された身体である。

「ほかのマシーンをひと通りやって、最後にこれをやると気持ちいいですよ。だいたい、人間が直立歩行するということが、腰や背に負担をかけているわけですから」

クラブの指導員に言わせれば、直立歩行しはじめて以来の、人類の歴史に対する「報復マシーン」ということになる。

数年前には都心部にしかみられなかったスポーツクラブが、最近は郊外まで進出。プールあり、アスレチックルームあり、エアロビクス、ヨガ、ジャズダンスあり、サウナ、風呂完備。週のうちの半分は、弁当持参で夕刻まで過ごすひともいるという。もうほとんど病気、病みつきの「健康」中毒。その象徴が、くだんの逆さ吊りさげ機械である。

逆さになったまま、瞑目している物体が大きな鏡面に映っている。どこか病んでいることの方が人間らしい気がしてくる。

（6・15）

二次会の飲み屋へと夜の博多の町を歩いていた。すぐ前を行くI氏が急にふり返って「〈ドグラ・マグラ〉の夢野久作、あれ、こちらじゃ固有名詞ではなかったんですネ」という。I氏は東京より福岡の公立大学に転勤して一年。夢野久作のペンネームの由来を最近知ったらしい。

そうなのだ。かつて博多では、現実の役にたたぬ、間の抜けた、うすぼんやりした男のことを、軽蔑といささかの揶揄をこめて「夢の久作さんのごたる」といった。国士である父茂丸の現実的批評眼をもってすれば、小説『あやかしの鼓』は、「夢の久作さんの書いたごたる」ものといわなければならない。

戦後社会は、現実的利潤と現実的価値を重んじ、現実との回路をもたぬものを排除することによって、成熟をとげた。そのとき、「夢の久作」的なるものは、どこにも帰属できないまま葬られてしまったのである。

「あいつ、詩人なんだよ」といわれるときの「詩人」とは、しばしば、それが文字通り詩を書く人間という意味でなく、共同体になじめぬ、どこかうさんくさい非現実的な存在を指している。

いってみれば、「夢の久作」の別名なのである。あの「詩をつくるより、田を作れ」という古人のことばも、おそらくそのような文脈のなかで発せられたものにちがいない。

こう考えれば、ペンネーム夢野久作とは、「虚」を生きる覚悟と現実への批評をもつ詩人的名前、ということになる。

（6・29）

（毎日新聞夕刊、一九八八年四月〜六月）

詩と批評「九」の試み

世紀末の時限爆弾。えっ、まだ詩なんだって?——このういうキャッチ・コピーではじめた詩と批評「九」は、九月二十五日刊の二十五号で予定通り終刊した。創刊が一九九六年九月、以後隔月刊行で、世紀末の現在に照準を合わせて疾走すること四年。この刊行スピードと創刊時に二十五号までと決めた時限装置は、この雑誌を出すことの意味とひそかにかかわっていたはずだ。

創刊時の九六年、「詩は死んだ」という言説がまことしやかにささやかれていた。「九」の広告文案「えっ、まだ詩なんだって?」という一行は、だから「詩は死んだ」という言説に対する逆説的反論の意図がこめられていた。この年、相田みつを現象とまでよばれた人生教訓詩集が売れ、宮澤賢治生誕百年を記念した賢治ブームが起こっていた。だがその一方で、詩は袋小路の平穏さに入りこんでいたのだ。詩人ムラの共同体の内部だけで流通することば、対立なき自閉をこわさなければ、詩はほんとうに死んでしまう。

編集の北川透と私の雑誌構想の背後にあったものは、おそらくそういう自閉の光景だった。自閉をこわす批評的契機となったものを一つだけあげるなら、北川の連載時評、ということになる。詩人吉岡実の神格化に対する違和、詩を「知」で隠蔽してしまう危うさなどといった北川の鋭い指摘は、詩人たちのあいだに「論争」を生んだ。

これを同人誌構想に限定して整理すれば、次の三点になろうか。まず、「九」に拠《よ》ることが党派をなすこととはどこまでも無縁であること。二番目に、現在に露出するさまざまな問いに応えながら、自分の「詩」をこわす批評意識を手放さないこと。最後に、自分たちのことばを届けるという流通の問題がある。

「九」の発行を福岡市の出版社梓書院に委託したのは、流通システムを通して東京やその他の都市での書店販売を可能にするためだった。未知の読者という「他者」を欠けば、表現は、しばしば誇大妄想のひとりよがりに陥り、閉じられてしまう。だが、この国の同人誌は同人誌交換、寄贈というのが流通の通常のあり方である。だから「九」を売ることに対して心理的反発が起こるのも予想されたことだった。

いま、「九」の読書会で読んだ加藤典洋の『敗戦後論』の一節を思いだしている。同世代の太宰、坂口安吾らのためにわざわざ〈戦後文学〉とは違うカテゴリーが用意されたのはなぜか、というくだり。太宰らに用意された〈無頼派〉というカテゴリーは、一種の「隔離室」だったというのが加藤の答えだが、この「隔離室」の比喩でいえば、「九」は多くの同人誌とはべつの「隔離室」に追いこまれていたのだろうか。

外に向けてことばを開いていこうとすれば「戦略」が必要である。対談記事、往復書簡、連詩、同時代の海外詩、同人の小詩集といった特集。さらに外部から、いま最前線で活躍中の詩人らの招待作品と読者からの寄稿作品の掲載。誌面構成として、詩、批評、時評、エッセー、五つのコラムという表現の交響のなかでこそ、雑誌の活力が生みだされる。この戦略が、どのように読者に届いたか。それについては、いまはまだ数字上のことでしか報告できない。発行部数が六百、その半分の約三百が店頭販売と予約の直接購読によって読者の手元に届いている。

九州・山口在住に限定した、同人十七人。四年間の試みの総括として、終刊号の北川の時評を引いてみる。「生きるということは、世界を肯定することなのだ。しかし、その肯定のためにどんなに強い違和や否定を、そして、深い絶望を呼吸しなければならないことか」。どんなに悪い状況にあろうとも「言葉に望みを託すということ——死んでゆく木を揺さぶる」こと。あの「詩は死んだ」という言説は、おそらく詩の外側からなされた、目の見えすぎる者の断言否定命題にすぎまい。ことばが届かない、詩がおもしろくないというのなら、わたしたちは内側から詩を揺さぶるしかなかったのである。

（朝日新聞西部版夕刊、二〇〇〇年十二月二日）

作品論・詩人論

『静かな家』所感

吉野弘

山本さんには、人間の遭遇するいろいろな現実を夢化（こういう言葉が許されるとして）の状態で見る視点があるようだ。

我々が現実とか日常とかいう言葉で軽々しく概括しているものの実体は、それを意識しようと努めれば、かえって夢に近い性質を帯びるのかもしれない。尤も私は、夢を単に、とりとめなさという面で考えているのではない。そういう一面も確かにあるが、夢の中でしばしば感じられるなまなましい現実感、覚醒時以上に強く感じられる現実の感触のことを私は言っているつもりだ。

この詩集を通じて山本さんが語りたがっているのは、夢の現実感乃至夢を媒介にして強く思いあたる日常の生態といったものではあるまいか。

ここに収められている詩篇の中には、気休めの希望はない。誇張された不安もない。もとより安住しているわけではない。端的に言えば非充足感につきまとわれ、隣り合わせの幸不幸、表裏をなす生死などを絶えず感じている。

だからこれらの詩篇は、読みやすい心象に満たされてはいない。しかし読者は、自分が見る筈だった夢を——と言うよりは凝縮された日常を、山本さんの詩篇の中に見るのではあるまいか。

所収十二篇の詩の内、夢の話とされているもの及び夢という言葉の出てくる詩は六篇ある。この他、想像、記憶が有力な要素になっているものまで含めると、他の六篇も夢の世界の色合いを帯びてくる。山本さんは多分、そういう読まれ方を予測して一冊の詩集を構成されたように見受けられる。

頻出する幾つかの類語にも私は注意を惹かれた。黒、暗、闇、くらがりなどの一群と、これと対照をなす、光、輝き、明るさなどの一群である。少し引いてみる。

くらい水／くらがり／黒ずんだ太い幹／暗いちから／テーブルのしたは闇／くろい鞄／身をひそめしゃがんでい

るひとの闇／くらい光／くらい室内／くらい野のひろがり／くろいハサミ

子どもらの声のかがやき／ナイフのにぶい光／遠くの野に食卓がひかっている／光るものはすべて野にある／遠くで水が光る／光るかたちあるもの／薄皮のような陽／甕にたたえられている光／右も左もないあかるさ／あかるさをはねかえしている水面

これらは目につくまま拾い出したものにすぎず、こまかく拾えばもっとふえるだろうが、闇と光という言葉で描き分けられる風物や観念は、山本さんの内部風景に関わるものであろう。そして、光は多分に肯定感や控えめな希望の象徴なのであろう。

山本さんの詩の本質と関わることかどうかはわからないが、闇と光の強調が他の色彩を打ち消す役割を果たしてしまうらしく、心象風景がモノクロームの映画のような印象を与える。そのため心象に色彩が乏しいように感じられるが、これはもとより枝葉末節のことである。

使用頻度は高くないが、〈遠い〉〈遠くの〉という言葉も私の注意を惹く。これは、単に風景に遠近を与えるために使われていることもあるが、或る好ましいものと結びついて（たとえば、〈遠くの野に食卓がひかっている〉）幸福への保留乃至未到達感を暗示したり、死と結びついて、それとの牽引関係と隔たりを暗示したりして、心理的な遠近感を描出することに役立っている。

死、溺死などの言葉も目立つ。山本さんももう若くはないということだろう。

或る詩篇で現われた心象が、あとの詩篇にも現われるという例もあった。

〈きのう川原でみた／そのひとは／じぶんの頭ほどの石を／くろい鞄につめこんでいた〉（「夜」）が「引越し」という詩の中で

〈いつか川原でみた男は／じぶんの頭ほどの石を／くろい鞄につめこんでいた〉

というふうに再出している。

また、浴槽で溺死する心象が「夜」にも「静かな家」にも現われ、〈くろい鞄〉も繰り返し現われている。

詩の心象は、一篇の詩に一度現われる場合と、構成された一冊の詩集の何篇かに繰り返し現われる場合とでは、明らかに異った力になる。私の指摘した〝繰り返される心象〟は、山本さんが一冊の詩集構成を考慮に入れた上での布置なのであろう。

ささやかな所感を記して、新詩集の刊行を祝福する。

（1985.6.30）

（『静かな家』栞文）

壊れていくものへの感受性
―山本哲也の詩・覚書

北川 透

《福岡に山本哲也さんがいてくれてよかった》と、わたしは書いたことがある。詩と批評の同人誌「九」創刊号の「編集後記」である。「よかった」というのも変な言い方かも知れない。わたしがよく思おうが、悪く思おうが、そんなことに関係なく、山本さんは生まれた時から（おそらく大学生活の時期だけを除いて）、ずっと彼自身の理由によって福岡に住んでいる。「よかった」というのは、まったく申し訳ないくらい、わたしの勝手な言い草で恥ずかしいが、その時は本当に率直に出たことばだった。

この年、つまり、一九九六年より五年前に、わたしは愛知県豊橋市から下関に移り住んでいた。山口県にも九州にも、わたしの特に親しい友人はいなかった。山本さんはわたしが編集発行していた雑誌の古くからの講読者である。また、彼が出した詩集や雑誌なども送って下さっており、特別に親しかった訳ではないが、仕事の上でも、人柄としても信頼していた方だった。詳しいことは覚えていないが、まず、新しい土地でお会いしたのが山本さんだった、と思う。移り住むとすぐに、毎日新聞西部本社版の詩・短歌・俳句の時評をする話が待っていた。当時、山本さんは同じ新聞で小説の時評を担当しており、そんなことでも交流が出来た。わたしは何かと山本さんを頼りにしていたのではないか、と思う。彼のお世話で読書会を始めるようになったのも自然だった。

先の後記に続けて、わたしは次のように書いている。

《……今年の一月から、ほぼ、毎月一回の読書会（Qの会）が生まれた。花田俊典さんを初めとするその会を続けるなかから、それを更に広げて、この雑誌の発行母体である「九」同人会ができた。山本さんの呼びかけに応じて、集まって下さった方たちは、まあ、なんというか、みんなわたしよりも若い、一騎当千のツワモノたちである。わたしも負けてはいられない、というところだ。》

（「九」創刊号「編集後記」）

この文章を書いているのは、たぶん、一九九六年九月二十五日に「九」を創刊する、その一ヶ月ぐらい前のことだろう。この雑誌は山本さんとわたしが編集責任を負い、当初の予定通り、隔月間で五年間、刊行し続け、三十五号で終刊した。更に先の後記で《わたしは成り行き上、編集人ということになっているが、これまでの準備のすべては敬愛する山本さんの力に負ってきた。これからの編集や運営も、むろん、山本さんが中心であり、それを福岡の若い詩人たちが助けるという形になるだろう、と思う》と書いている。終わってみると、これがまた一分の狂いもなくこの通りだった。いや、一分の狂いもなくどころか、雑誌発行にともなう、すべての実務、すべての厄介や困難は山本さんのところに集中し、また彼はそれを黙って引き受け、処理したのだった。

境遇の激変の中で、現代詩の先端的な課題に対して、緊張の糸が切れかかっていたわたしが、何とかそれを修復し、持続しえたのは、この「九」誌上で作品発表と毎号の時評が続けられたからだろう。ただ、そんなわたしの勝手な思いは、他の同人のここでの仕事への思いにも通じるはずであるが、わたしたちがここでそれぞれ何かを成しえたとしたら、それは第一に山本さんの無私の活動に支えられてこそ可能になったのだった。そして、山本さん自身も、「九」の刊行と共に、しばらく休んでいた作品の制作を再開した。とわたしはとりあえず思ったが、この言い方は不正確かもしれない。わたしが知っていることは、一九八五年に『静かな家』を刊行して以来、この時まで、ほぼ、十一年間、彼が詩集を出していなかった、ということだけである。そのことは作品を書いていないことにはならないのだが、何となくわたしは彼が詩作を休止しているような気がしていた。だから、「九」刊行を機に彼が作品活動を再開してくれることを期待していた。そして、彼は15号以外のすべての号に作品を発表した。彼の前詩集から言うと、十六年ぶりになる二〇〇一年刊の『一篇の詩を書いてしまうと』は、この「九」に載せた詩が、全体の三分の二以上に及んでいる。つまり、『一篇の詩を書いてしまうと』は、「九」での作品活動なくしては、ありえなかった詩集である。

この『一篇の詩を書いてしまうと』（以下、『一篇の詩…』と略記）は、ある予断を持って読むと不思議な印象を与えられる。つまり、久しぶりの詩集ということで、そこにかつての山本さんの詩の言語とのある切断、あるいは変質のようなものを予想しがちであるが、そのような気配がほとんどないことに驚くはずである。しかし、そこで同時に何かが変わっている。それをわたしは世界を感受する深さ、深度に大きな違いが生まれているのではないか、と思った。水は同じように流れているが、深さが変わった、という比喩が、この新しい詩集の性格を言い当てているかも知れない。

もともとこの詩人は詩集ごとに、大きく変貌する詩人ではない。最初の詩集『労働、ぼくらの幻影』をいくらか例外として、第二詩集『夜の旅』から『静かな家』までの五冊の詩集がもっている夢の記述の方法、抒情と反抒情がせめぎ合う切迫した語り口、死や不安な響きを奏でる音調、意味やイメージの断片化、黒や夜の色彩などに大きな変化がない。むろん、七〇年代の二冊の詩集『連禱騒々』と『冬の光』には、当時の詩的ラジカリズムの色濃い反映が、その身振りの激しい語法や、感性の秩序に反乱を持ち込む語勢に見られる。しかし、それでもそこにあるのは変化ではなく、世界に向き合う感受性の一貫した調子である。そして、次の『静かな家』は、一九八五年に刊行された。七〇年代の彼が時代と共有した言語的な騒乱が、引いていった後の詩集であろう。そこには彼の一貫した調子が、より純化した姿をさらしている、とわたしには思われる。

こうしたこれまでの彼の詩の展開を前提にして、「九」創刊号に発表された、「バニシング・ポイント」という作品を読んだ時に、どんな印象を与えられるかを、わたしは問題にしてきたのだった。これは『一篇の詩…』の冒頭に配されることになる大事な作品であるが、長く詩作から遠ざかっていた人の作品とはとうてい思えない。この作品も、これに続く作品もみんなそうであるが、前詩集『静かな家』直後の展開の作品としてみても不自然ではない。吉野弘が「『静かな家』所感」で述べていることも、わたしのいう一貫した調子のより純化した姿のことだろう。彼はそれを《気休めの希望はない。誇張された不安もない。もとより安住しているわけではない。端的に言えば非充足感につきまとわれ、隣り合わせの幸不幸、表裏をなす生死などを絶えず感じている》と言う。

こうした感受性が、突然の再開のように見えた「バニシング・ポイント」でも可能になっているのは、彼がわたしたちの見えないところで、詩作をやめていなかったからだろうか。わたしには分からないが、たとえ詩作が長い時間、中断されていても、彼はその一貫した調子を可能にするものを持っていた、と思う。その力を、わたしは彼が現代詩への批評を持続していたことの内に見たいのである。

ここに山本哲也著『詩が、追いこされていく』（西日本新聞社）という一冊の本がある。これは彼が《西日本新聞の文化欄に「西日本詩時評」として、一九八七年四月から一九九六年三月までの九年間にわたって書いた一〇八回分》（同書「あとがき」）が収められている。つまり、彼はちょうど『静かな家』を出してから、「九」を刊行するまでの間に、この一冊にまとめられた現代詩に対する批評的な仕事をしていたことになる。時評の対象は九州・山口の詩や詩人におおむね限定されているが、しかし、彼の批評意識自体が限定されているわけではない。

論点は常に地方の枠を超えた広い視野を取るとともに、現在の詩の先端的な課題が探られているのである。とてもローカルな仕事と言えるようなものではない。実際に詩は書かれていなかったとしても、批評において高度な詩意識が持続されていたことは確かである。

では、その「バニシング・ポイント」とはどんな作品か。

いきなり線をひかれた。
死体のあった場所をチョークで囲むように
巨大な空白に線がひかれた
降りていく階段は足のさきから消えている

階段が消え
虫喰状に破れた天蓋がめくられ
こわれていくニンゲンは
こわれていくニンゲンとして
みまもっていかなければならなかった
青空は　雨を吸ったくろい地面をはらみながら
べつべつの欲望をそだて
細部まで空白をみたそうとする

ヒトが倒れながらあるいている
つかまるところのない薄明の駅から駅へ
ヒトが倒れながらあるいている

移動する青空
空白のへりをめぐるのか　それとも
消えた階段を降りつづけているのか
生きているだれかの声をききたいばっかりに
ヒトが倒れながらあるいている

（「バニシング・ポイント」第一、二、三連）

先の吉野弘のことばを、ここで別に言い換えるなら、〈壊れていく世界への感受性〉ということになろうか。もとより、それはここに始まったものではないことを、わたしは一貫した調子ということばで述べてきたのだ。すでに最初の詩集『労働、ぼくらの幻影』において、都市計画によって海が埋め立てられ、《こわれてゆく》

（「風景」）港の風景がうたわれている。しかし、それはあくまで可視的な風景であった。単に風景ではなく、不可視な世界が《感受性の深みまで腕をのばしてくる》（「冒険Ⅰ」）のは、第二詩集『夜の旅』からである。そのことによって、不可避的に感受性は《目のまえで／音もたてずにいっせいに壊れてゆく》（「冒険Ⅳ」）ものと向き合わないわけにはゆかなくなる。第四詩集『冬の光』にも《くらい家族が火をかこんでいて／壊れてゆくものの音をきいている》（「冬の光」）という一行がでてくるが、山本さんの詩は、こうして第二詩集以後、壊れていく世界を、さまざまな切断面で感受する、言語的ドキュメントといった様相を呈する。その終点が、おそらく第五詩集『静かな家』だった。

（ドアをあければ　いつだって）
くらしは倒れかかってくるのさ
倒れかかってくるものを
おもわず抱きとめるのが人間の仕事
だから　いきなり倒れかかってくる
やわらかなタンスや女を抱きとめる
（「静かな家」部分）

『静かな家』が終点だという意味は、〈壊れていく世界〉と作者の感受性が向き合っていたり、それを抱きとめていたりするその構図がここまでで終わる、という意味である。その対位の構図が、新詩集『一篇の詩…』では崩れている。つまり、ここに至って壊れているのは世界だけではない。《降りていく階段は足のさきから消えている》のであり、それを感受する〈私〉という主体や人間が壊れ始めていたり、壊れていたりしている。ここに出現した〈壊れる感受性〉という装置は、世界や人間が全面的に倒れたり、消えたりするイメージに連動する。それはさらに狂気や死のイメージを呼び込むのである。そして、それは日常の生活次元の裏側の見えない世界を透視する方法、すなわち、夢の記述という形を取らざるを得ないのである。

もとより、夢の記述、幻化の方法は、この詩人の初期の段階から今日まで、この詩人が世界を感受し、透視するために一貫して採用してきたものだろう。しかし、それによる世界の感受は、『静かな家』以後の長い中断と見える時期をはさんで、かぎりない深化を迎えたのである。

その深化は、ことばや語法の微妙な変化を現象させることになった。たとえば『一篇の詩…』には、先の引用にも見られる、〈ニンゲン〉というカタカナ表記が何度も出てくるが、ひらがな表記は一回あるだけで、漢字の〈人間〉の使用例は一度もない。「静かな家」に《おもわず抱きとめるのが人間の仕事》という一行があったことを想起すべきである。そこでは壊れていくものを抱きとめる《人間の仕事》が、まだ信じられていた。『静かな家』には〈人間〉という概念の他に漢字の〈男〉〈あるいは〈女〉〉が繰り返し出てくる。『一篇の詩…』では人も〈ヒト〉であり、一人称は〈オレ〉が用いられる。さらに一人称で言うと、第一詩集『夜の旅』までは、〈ぼく〉であるが、第三詩集『連禱騒々』以降は、〈わたし〉となり、『静かな家』ではひらがなの〈おれ〉に変わった。『一篇の詩…』でのカタカナ表記〈ニンゲン〉〈ヒト〉〈オレ〉というのは、単に表記上の変化ではなく、それは語り手の〈私〉の感受性が、壊れていく世界に飲み込まれている、あるいは同化していることの表現でもあるだろう。

ところで、詩集の題名になった「一篇の詩を書いてしまうと」という作品は、谷川俊太郎の詩集『世間知ラズ』のなかの「一篇」という作品から、冒頭の一行《一篇の詩を書いてしまうと世界はそこで終わる》を、本歌取りのようにして引くことで成立している作品である。しかし、おもしろいのは、山本さんは、谷川詩から一行をもらいながら、彼の世界とは反対向きのそれを書いていることである。谷川俊太郎の《終わる》世界とは、実は終わらない世界のことなのである。確かに一篇の詩を書いてしまうと、その世界は完結し終わる。しかし、その終わったかに見える《一篇の詩は他の一篇とつながり／その一篇がまた誰かの書いた一篇とつながり》、それはそういう形で《ひとつの世界》をつくっている。そして、それは《たとえば観客で溢れた野球場》や《法や契約や物語の散文》などの世界と、激しく揺れながらもつりあっている、もうひとつの現実世界ではないのか、というのが「一篇」という作品が語っている問いかけである。
しかし、山本さんの詩では、一篇の詩を書いてしまうと、その詩の世界は《電池の寿命》のごとく終わってしまい、そこに残されたのは〈死体〉でしかない。いや。死体ですらなく、それは《なんにもない、だけが／あかるい矢印のようにずうっと続いている》希薄な存在である。

だからいわないこっちゃない
一篇の詩を書いてしまうと
一篇の詩の死臭によって嘲笑され
またぞろ、あらたな悪意によって
生きのびるよりほかない、ざまあみろ
ありもしないグロテスクな死体を遺棄して
中途半端に角をまがり
なにものかを迂回することになるのだ

あの角をまがったところで
九十九人目の男が消える
幻でもありわたしでもあるものが消える
（「一篇の詩を書いてしまうと」部分）

この自ら書いた詩の死臭によって嘲笑され、新たな悪意によって生きのびることが、消失することに他ならない幻の〈わたし〉の在りようこそが、〈壊れていく世界〉に飲み込まれている感受性の姿を示している。天秤の皿の上で、現実の世界とつり合って、ゆらゆらゆれている詩を成り立たせるような、感受性の幸福の基盤はそこにありえようがない。このいわば単に矢印のように幻化した存在を、わたしは〈壊れていく世界の感受性〉の深化した状態と見るのである。
山本さんの詩は、あくまで一貫した調子を保持している。そうでありながらも、『静かな家』の純化と言うギアが、『一篇の詩…』では、深化というギアに切り替えられたように見える。結果から言えば、そのためには十数年の批評的な試みが必要だったのかも知れない。そして、その深化した姿が全面的な姿をさらしたのが、「黒いおおきな家」であった。この作品は「九」第八号から第十二号まで、四号分かけて発表された。冒頭はこんな詩行から始まっている。

どこまで壊れているのか
未練がましく奇声を発し
だれが、だれにむけて
手を振りつづけているのだろう
はるかに遠い朝、そこから
空は剝がれ
いきものの息がにじんで
つぎつぎとだれかの手でどこかに運びだされる
空へ、倒れこんでいくだれかの幻

（「黒いおおきな家」冒頭部分）

この詩で、何かが、誰かが倒れこんでいく《黒いおおきな家》とは何だろう。死体や狂気や夏草のようにはびこっている暴力、みだらな機械などが詰まっている、その建物は今日の時代のことか、わたしたちの社会のことか、あるいはこの詩人の暮らしの世界なのか。ともかくそこでは、感受性そのものが、〈壊れていく世界〉に飲み込まれて断片化し、恣意化している。そして、壊れている世界は、壊れている感受性そのものとして《黒いおおきな家》を構成しているのである。

いま、山本さんの詩は、深く感じられているそこへ、降りていく意志であり、勇気になっていると思う。

（2005.3.6）

「タンスと二人の男」と山本哲也　佐々木幹郎

「タンスと二人の男」（一九五八）という十五分の短篇映画がある。ポーランドの映画監督、ロマン・ポランスキーが学生時代に作った作品だ。

海の中から二人の男が鏡付きの大きなタンスを抱えて現われる。二人は重いタンスを抱えたまま町に入るが、どこでも冷たい目で見られ、馬鹿にされ、追い払われる。不良たちに殴られたりして、最後は再びタンスを抱えて海に戻っていく。

何の意味もない、ただそれだけの映画である。日本で公開されたのはいつ頃だったのだろう。一九七〇年代の初頭だったかもしれない。わたしはついに見る機会を失ったままなのだが、まるで見たように語ることができるのは、その頃、わたしの知人の映画監督が、しきりにこの映画の内容を情熱を込めて話してくれたからである。彼はカメラ・アングルから各シーンのショットの長さまでを教えてくれた。「タンスと二人の男」は、それほど当時の若い映画作家たちに衝撃を与えた作品だった。映画作家だけではない。同じ頃、詩の世界に首を突っ込みはじめたわたしにとっても、海の中から突然、タンスを抱えた二人の男たちが現われ、世に迎え入れられなくて、そのまま海に戻っていく物語は人ごとではなかった。詩を抱えたわたし自身のことだと思えたのである。

あんなふうに、シンプルに、わけのわからない映画を作ろう。寓意があるようで、まったくない。イデオロギーを越えたところに、荒唐無稽な冒険がある。わたしと彼は、当時、毎日のように顔を突き合わせては、自主製作の映画の相談ばかりをしていた。数年後にわたしは脚本を書き、彼の演出で映画を完成させることになったのだが、あとには膨大な借金だけが残った。今から考えれば、当時のわたしの映画への冒険と実験精神を支えてくれたのは、ポランスキーの「タンスと二人の男」だったのである。

山本哲也の初期から現在までの詩を読んでいて、何度も、ポランスキーの「タンスと二人の男」を思い出した。

山本哲也のどの時期の作品からも、タンスを抱えた男のイメージが迫ってきたのである。

一九六〇年代から現在まで、山本哲也の詩の言葉は時代に応じて柔軟に変貌し続けた。しかし、根本のところでは、何も変わっていない。一貫しているように思える。

第一詩集『労働、ぼくらの幻影』(一九六三)にある、次のような詩句。

うちつづけうちつづける
その単調さが
きみらの仕事を勤勉にする
生きようとする激しさのように
そして
うつために必要な手の存在さえ
稀薄になってゆき
(「労働 Ⅳ」)

「労働者階級」や搾取する「資本家」という、現在では死語になってしまった言葉がこの詩の世界の背後にあるが、どうも山本哲也は「労働」と言いながら、「うちつづけうちつづける」という単調な動作、わけのわからない荒唐無稽な動作に心惹かれている気配がある。この世から受け入れられない存在に魅入られているのだ。『労働、ぼくらの幻影』が、六〇年の反安保闘争と三池闘争が敗北した直後の時期に刊行されていることを忘れてはいけない。「労働」という言葉が重たく神聖に扱われていた時代。しかしその時代にあっても、この世から受け入れられない幻影のようなものとして、彼にとって「労働」という言葉があった。

第二詩集『夜の旅』(一九六七)になると、その傾向はいっそう押し進められて、

もう誰もぼくの名をよんでくれなくていい。
もう誰も愛で名づけてくれなくていい。
アパートの部屋はやわらかすぎた　きみ、
どもりながら戻ってゆけ
名づけられぬことの痛みがあいまいに点滅する大きな
　夕暮れ　声の予感へ。
ぼくは　何ものをも実らせない、
(「夜の旅」)

というふうに、主人公「ぼく」は「名づけられぬもの」へ墜ちていくこと、「都市」から追放されることを願い出す。「都市」！　六〇年代中期の日本の詩の世界において、「都市」という言葉はどんなに新鮮で、輝かしく響いたことか。東京オリンピックがあり、新幹線が開通し、新宿にフーテン族がたむろし、各都市で学生運動の波が高まり、高度経済成長が急速度で進んだ時期である。第三詩集『連禱騒々』（一九七二）で、山本哲也の詩の言葉は一挙に、その輪郭を鮮明にする。「裂ける」というテーマが迫り出してくるのだ。

電話してください
電話してください
ほんとうのところわたしの肉体はだれでもなかった
夢と受話器のそばにしゃがんでいるものにすぎなかった？
というのはわたしなのか
だれなのかこんりんざい

不明の裂け目に電話してください
（「ゲーム〈二、三の欠落を含む連作詩篇〉」のうち、「ゲーム8」）

実におかしい。いったいこの男は何を言っているのか。まるでうわごとのようではないか。しかし、彼が何を言おうとしているのか、はっきりわかったのは、当時、山本哲也が発行していた同人誌「砦」で、「疑いの尖端は二つに裂けている」という言葉を見つけたときだった。ほんとうのことを言えば、わたしはそれがどこに書かれていたか、また正確な言葉はどうであったか、記憶はおぼろげで自信はない。いずれにしても、「疑いの尖端は二つに裂けている」という言葉を読んだときから、それは痛烈な思考の刃となって、わたしの記憶に刻みつけられた。重要なのはこの一行が、わたしにとっての山本哲也であった、ということなのだ。

「疑いの尖端は二つに裂けている」。そうだ。「疑いの尖端」は必ずしも一つではない。「革命」というイメージも一つではない。それを語る言葉さえも、その尖端では、蛇の舌のように二つに裂けているのだ。その裂け目のなかに幻影のようにゆらめく詩がある。そのことの示唆は、どんなに二十代のわたしを励ましてくれたことか。「電話してください／電話してください／（中略）／不明の裂け目に電話してください」というのは、あらゆるものに「疑い」の目を向ける、「疑い」の声をあげる、その疾走感覚を描いている。

第四詩集『冬の光』（一九七九）でも、「裂ける」というテーマは継続するが、生活のディテールが丁寧に描かれ、詩の言葉も穏やかになっていく。そしてここで、ポランスキーの「タンスと二人の男」が、突然、次のように登場するのだ。

むかし　外国映画でみたことがある
かがやく渚を
二人の男がタンスをかついで歩いていく
雲がゆっくりとうごいて
遠くでふいに犬のさけぶ声がして
そして　きみの眼のなかへ
タンスが運ばれてくる

（「家具について」）

タンスをかつぐのは「二人の男」となっているが、ポランスキーの映画を指していることは間違いがない。「きみの眼のなかへ」とあるが、作者の眼のなかに、突然、タンスが運ばれてきたのだ。

詩の言葉が六〇年代後半から七〇年を前後する時期の高揚を過ぎ、徐々に鎮静化に向かって行ったとき、山本哲也はここで自分自身の詩の構造（あるいは詩を書く理由）に向き合うことになったのだ。おそらくそれは詩のほうが要請してきたことで、ポランスキーの「タンスと二人の男」のイメージは、無意味を無意味として行う行為の意味性を解きあかすこととして、謎のように迫ってきたのだとわたしは思う。

第五詩集『静かな家』（一九八五）には、次のように「タンス」が出てくる。

倒れかかってくるものを
おもわず抱きとめるのが人間の仕事

だから　いきなり倒れかかってくる
やわらかなタンスや女を抱きとめる
という空想を男は愉しむ

（「静かな家」）

しかし、そうではあるまい。「という空想を男は愉しむ」というように、余裕を持って対処する問題ではなかったはずだ。それは「空想」ではなく、山本哲也の詩の現実だったのだから。十六年という長い隔たりを持って、第六詩集『一篇の詩を書いてしまうと』（二〇〇一）が出たとき、そのなかで山本哲也の「タンスと二人の男」は、次のように描かれた。

川原の石が
ヒトのかたちに濡れていて
それが
乾いて
消えていくのを
呆然とみていたことがある
（中略）
ねこじゃらしをなぎ倒して
自転車がころがっている
もののかたちを消していく闇が
川のそばまで来ていた
川原で
男が
じぶんの頭ほどの石を鞄につめこんでいた
鉄橋をわたっているあいだ
川だけは
ずうっとみえている

（「川」）

川原の石の上に、そこに坐った人のかたちが濡れて残っている。それを消えるまで見ている。まるで海から現われ、ふたたび海へと消えていったタンスと二人の男を見守るかのようだ。

「もののかたち」とは何だろう。主人公はすべての「かたち」が消えていく夕闇が迫る時刻まで川原にいて、そこで鞄に石をつめこんでいる男に出会う。海の代わりに、ここには川がある。鞄に石をつめた男は、川のなかに消えていくのかもしれない。だから、作者は最後で「川だけは／ずうっとみえている」と書くのだ。

詩というタンスを抱えた男として、山本哲也が見守り続け、そして愛し続けた荒唐無稽な行為がここにある。

（2005.3.24）

現代詩文庫　180　山本哲也

発行・二〇〇六年二月十五日　初版第一刷

著者・山本哲也

発行者・小田啓之

発行所・株式会社思潮社

〒162-0842　東京都新宿区市谷砂土原町三―十五

電話〇三（三二六七）八一五三（営業）八一四一（編集）八一四二（ＦＡＸ）振替〇〇一八〇―四―八一二一

印刷・株式会社オリジン印刷

製本・株式会社川島製本

ISBN4-7837-0955-6 C0392

現代詩文庫 第Ⅰ期

＊人名（明朝）は作品論／詩人論の筆者

① 田村隆一 ／ 中村稔／大岡信他
② 谷川雁 ／ 安藤元雄／片桐照敏他
③ 井上靖 ／ 野原一夫／城戸朱理他
④ 山本太郎 ／ 川崎洋一／中上哲夫他
⑤ 岩田宏 ／ 清岡卓行／辻井喬他
⑥ 黒田三郎 ／ 黒田喜夫／鈴木志郎康他
⑦ 清岡卓行 ／ 菅野昭正／中上哲夫他
⑧ 吉本隆明 ／ 瀬尾育生／桂秀実他
⑨ 鮎川信夫 ／ 北川透／岡崎純他
⑩ 飯島耕一 ／ 小林康夫／高橋昭八郎他
⑪ 沢 退二郎 ／ 辻井喬／高橋順子他
⑫ 吉岡実 ／ 村上昭夫／常盤新平他
⑬ 長田弘 ／ 佐々木幹郎／清水哲男他
⑭ 高良留美子 ／ 塚本邦雄／常盤新平他
⑮ 富岡多恵子 ／ 大岡信／池井昌樹他
⑯ 安西均 ／ 沢退二郎／池井昌樹他
⑰ 那珂太郎 ／ 坪内稔典／粕谷栄市他
⑱ 高橋睦郎 ／ 清水哲男／新川豊美他
⑲ 長谷川龍生 ／ 吉岡実／新川豊美他
⑳ 生野幸吉 ／ 御庄博実／藤井貞和他
㉑ 安水稔和 ／ 長谷川龍生／北川透他
㉒ 茨木のり子 ／ 大岡信／多田智満子
㉓ 鈴木志郎康 ／ 原満三郎／多田智満子
㉔ 大岡信 ／ 山本三郎／新川豊美他
㉕ 関根弘 ／ 谷川俊太郎／池崇一郎他
㉖ 吉野弘 ／ 飯島耕一／新倉俊一他
㉗ 谷川俊太郎 ／ 横木徳久／八木幹夫他
㉘ 白石かずこ ／ 新川和江／井坂洋子他
㉙ 石原吉郎 ／ 小池昌代／新川豊美他
㉚ 岡田隆彦 ／ 小沢信男／新川豊美他

㉛ 入沢康夫 ／ 川口澄子／矢川澄子他
㉜ 川崎洋 ／ 城戸朱理／小池昌代他
㉝ 片桐ユズル ／ 関口篤／北川透他
㉞ 金井直 ／ 窪田般彌
㉟ 渡辺武信 ／ 井坂洋子
㊱ 安東次男 ／ 辻井喬
㊲ 三好豊一郎 ／ 粕谷栄市
㊳ 中桐雅夫 ／ 吉行理恵
㊴ 高橋喜久雄 ／ 新川和江
㊵ 吉増剛造 ／ 中井英夫
㊶ 渋沢孝輔 ／ 粕谷栄市
㊷ 三木卓 ／ 中上哲夫
㊸ 石垣りん ／ 中村道子
㊹ 加藤郁乎 ／ 清水哲男
㊺ 木原孝一 ／ 宗左近
㊻ 北川透 ／ 中村稔
㊼ 菅原克己 ／ 粒来哲蔵
㊽ 多田智満子 ／ 諏訪優
㊾ 寺山修司 ／ 飯島耕一
㊿ 木島始 ／ 佐々木幹郎
51 鷲巣繁男 ／ 荒川洋治
52 清水昶 ／ 佐津勉
53 金井美恵子 ／ 安藤元雄
54 吉原幸子 ／ 藤新
55 藤富保男 ／ 小長谷清実
56 嶋岡晨 ／ 大塚堯
57 阿部岩夫 ／ 天野忠
58 関口篤 ／ 江森國友
59 犬更着信 ／ 白石かずこ
60 ねじめ正一 ／

61 北村太郎 ／ 菅谷規矩雄
62 辻井喬 ／ 井坂洋子
63 片岡文雄 ／ 窪田般彌
64 新川和江 ／ 片桐ユズル
65 吉行理恵 ／ 伊藤比呂美
66 粕谷栄市 ／ 新藤涼子
67 中井英夫 ／ 青木はるみ
68 清水哲男 ／ 中村真一郎
69 中村道子 ／ 嵯峨信之
70 宗左近 ／ 清岡卓行
71 粒来哲蔵 ／ 牟礼慶子
72 諏訪優 ／ 宗左近
73 飯島耕一 ／ 続白石かずこ
74 佐々木幹郎 ／ 続辻井喬
75 荒川洋治 ／ 続大岡信
76 藤井貞和 ／ 続新川和江
77 佐津勉 ／ 松浦寿輝
78 安藤元雄 ／ 平出隆
79 藤新 ／ 稲川方人
80 小長谷清実 ／ 青木真一郎
81 大塚堯 ／ 朝吹亮二
82 天野忠 ／ 瀬尾育生
83 江森國友 ／ 続谷川俊太郎
84 吉野忠 ／ 続藤田隆一
85 嶋岡晨 ／ 続天沢退二郎
86 阿部岩夫 ／ 続新川俊一
87 関口篤 ／ 続吉増剛造
88 犬更着信 ／ 続鮎川信夫
89 ねじめ正一 ／ 続北村太郎
90 ／ 続石原吉郎

91 菅谷規矩雄 ／ 続鈴木志郎康
92 井坂洋子 ／ 川田絢音
93 窪田般彌 ／ 続北川透
94 片桐ユズル ／ 続吉野弘
95 伊藤比呂美 ／ 続白石かずこ
96 新藤涼子 ／ 続辻かずこ
97 青木はるみ ／ 続清岡卓行
98 中村真一郎 ／ 牟礼慶子
99 嵯峨信之 ／ 続宗左近
100 平出隆 ／ 続大岡信
101 松浦寿輝 ／ 続新川和江
102 朝吹亮二 ／ 続辻井喬
103 寺山修司 ／ 続新川和江
104 藤井貞和 ／ 続清水昶
105 飯島耕一 ／ 続高橋睦郎
106 吉田文憲 ／ 続八木幹夫
107 瀬尾育生 ／ 続中村稔
108 続谷川俊太郎 ／ 続佐々木幹郎
109 続田村隆一 ／ 続渋沢孝輔
110 続天沢退二郎 ／ 続平林敏彦
111 続新井俊一 ／ 続野村喜和夫
112 続吉増剛造 ／ 続城戸朱理
113 続鮎川信夫 ／ 続佐々木幹郎
114 続北村太郎 ／ 続中村稔
115 続石原吉郎 ／ 続八木幹栄
116 続鈴木志郎康 ／ 続高橋順子
117 続鮎川信夫 ／ 続清水昶
118 続北村太郎 ／ 続川崎洋
119 続石原吉郎 ／ 続新川和江
120 続石原吉郎 ／ 続木坂涼

121 続鈴木志郎康
122 川田絢音
123 続北村透
124 続吉野弘
125 続白石かずこ
126 続辻かずこ
127 続清岡卓行
128 牟礼慶子
129 続宗左近
130 続大岡信
131 続新川和江
132 続辻井喬
133 続新川和江
134 続清水昶
135 続高橋睦郎
136 続八木幹夫
137 続中村稔
138 続佐々木幹郎
139 続渋沢孝輔
140 続平林敏彦
141 続野村喜和夫
142 続城戸朱理
143 続佐々木幹郎
144 続中村稔
145 続八木幹栄
146 続高橋順子
147 続清水昶
148 続川崎洋
149 続新川和江
150 続木坂涼

151 田中清光 ／ 中村稔／大岡信他
152 阿部弘一 ／ 安藤元雄／片岡照敏他
153 続大岡信 ／ 野原一夫／城戸朱理他
154 続鮎川信夫 ／ 瀬戸光一他
155 続辻井喬 ／ 磯田光一／中上哲夫他
156 福間健二 ／ 菅野昭正／中上哲夫他
157 守中高明 ／ 瀬尾育生／鈴木志郎康他
158 平田俊子 ／ 小林康夫／高橋昭八郎他
159 村上昭夫 ／ 桂秀実他
160 広部英一 ／ 荒川洋治／岡崎純他
161 白石公子 ／ 辻井喬／高橋昭八郎他
162 鈴木漠 ／ 佐々木幹郎／常盤新平他
163 高橋順子 ／ 塚本邦雄／清水哲男他
164 池井昌樹 ／ 大岡信／池井昌樹他
165 倉橋健一 ／ 天沢退二郎／粕谷栄市他
166 続清岡卓行 ／ 高貝弘也／粕谷新一他
167 御庄博実 ／ 清水哲男／新川豊美他
168 井川博年 ／ 吉岡実／新川豊美他
169 加島祥造 ／ 長谷川龍生／北川透他
170 続吉原幸子 ／ 大岡信／多田智満子
171 小池昌代 ／ 藤井貞和／多田智満子他
172 続粕谷栄市 ／ 大岡信／八木幹夫他
173 征矢泰子 ／ 飯島耕一／新倉俊一他
174 続八木幹夫 ／ 横木徳久／井坂洋子他
175 続入沢康夫 ／ 新川和江／新倉俊一他
176 岩佐なを ／ 小沢信男／矢川澄子他
177 続粕谷栄市 ／ 川口澄子／小池昌代他
178 四元康祐 ／ 城戸朱理／北川透他
179 吉野弘 ／ 谷川俊太郎／小池昌代他
180 山本哲也 ／ 吉野弘／北川透他